「きれいだ」
彼の声がぽつりと響く。その言葉が頭の中で何度も繰り返された。
「ずっと……すべてを見たかった」
唇が押し重なり、首筋のほうへとずれていく。ツツツ……と舌で素肌を辿られた。

皇帝陛下とがんばる新妻の甘く危険な蜜月生活

熊野まゆ

Vanilla文庫

皇帝陛下とがんばる新妻の甘く危険な蜜月生活

目次

イラスト／八美☆わん

第一章　皇帝陛下から突然の求婚

東の山脈から太陽が顔を出す頃に目を覚ましたフィリス・ブランソンは、腰のあたりまであるウェーブがかったストロベリーブロンドの髪の毛をメイドに梳《す》いてもらい、紅《あか》いドレスに着替えを済ませたあとで両手に拳を作って意気込む。

「さっ、今日もやるわよ！」

手に持っていたリボンで自ら目隠しをする。

「仰せのままに、お嬢様」

メイドの声を聞きながら、漂ってきた香りを思いきり吸い込む。

「ローズに……ブルーベル。それからムスカリね？」

「本日もお見事でございます」

メイドが目隠しのリボンを解く。目の前の花瓶にはフィリスがいましがた言ったとおりの花が活《い》けられていた。

「ふふ。いつかワインの嗅ぎ分けもしてみたいのだけれど」

「いけません。お嬢様はお酒に強くないのですから」

「そうね……。下戸はきっとお母様に似たのだわ」

いまは亡き母は酒に弱かったと父親から聞いたことがある。

フィリスは私室を見まわし、ふと気がつく。

「あら？　そういえばアナがいないようだけれど」

「それが、先ほどメイド頭に呼びだされまして……」

廊下をバタバタと駆けてくるだれかの足音が聞こえた。

「おじょっ、お、お嬢様～～！」

開けたままにしていた扉から顔を出したのは、いちばん仲のよいメイドのアナだ。

「まぁ、なんですかアナ！　騒々しい」

老年のメイドが咎《とが》めると、アナは息を切らしながら「申し訳ございません」と謝った。

「ですがっ、緊急のご連絡なのです。アルティアの……こっ、皇帝陛下が……お嬢様に求婚なさったそうです！」

きょとんとするフィリスを取り囲むようにして、その場にいたメイドたちがざわつく。

東の山脈の向こうにあるアルティア帝国は、五年前に王政から現在の帝政へと変わった。

つい先日代替わりして、ルーラントという二十三歳の若き皇帝が即位したばかりだ。

「お父様はいまどちらにいるかわかる？　アナ」

「はい、執務室にいらっしゃいます。お嬢様に結婚のことをお伝えしたら、執務室をお訪ねになるようにとおっしゃったそうです」

「ええ、すぐに行くわ」

廊下を走りたいのを必死に我慢して、早歩きで父親の執務室を目指す。

目的地に着くと、コンコンッと素早く扉をノックして「フィリスです」と名乗った。すぐに「入れ」という声が返ってくる。

「お父様、率直にお尋ねします。飛ぶ鳥を落とす勢いと言われるアルティアの皇帝がなぜわたしに求婚を？」

「いきなりだな」

執務机の向こうに座っていた父親は眉根を寄せながら、なにか面白いものを見るような目をして笑っている。

「だってそうではありませんか。もしかして、側室としてなのでしょうか」

「それはありえない。アルティア皇帝が娶《めと》るのはひとりだけだ」

「ずいぶんとお詳しいのですね、隣国の皇帝陛下について」

「べつに、普通だろう」

父親はいやに白々しい。なにか隠しているのではと睨《にら》んでみるが、百戦錬磨の父親にはまったく効かない。フィリスは「ふぅ」と息をつく。

「ですがやっぱり……疑問です。唯一の皇妃というなら侯爵家の令嬢ではなく王女様とか公爵ご令嬢とか……そういった高位の方々がふさわしいかと」

武勲を立てて侯爵位を賜った剛胆な父親は、なにが面白いのか「はっ、はっ、はっ」と声を上げた。

「どうしてだろうなぁ。そういうおまえは、心当たりはないのか？」

「ありません、まったく」

「もうちょっとよく考えてみろ」

「うーん……」と唸《うな》ったあとでフィリスは大きく口を開ける。

「あ、わかりました！　アルティア帝国の皇妃ともなれば命を狙われてもおかしくありません。とてつもない大国なのですから。それで、多少なりとも剣の覚えがあって逞《たくま》しい令嬢を捜しているとか！」

どうだ、と言わんばかりに人差し指を立てて自信満々で父親に迫る。

フィリスは父親の教えで、護身のための短剣を多少だが扱える。ゆえに、ドレスの下には短剣を忍ばせるようにしている。

「違うな。おまえ程度の剣の腕では暗殺者に太刀打ちできない。まして逞しくもないだろう」

ばっさりと否定されてしまった。立てていた人差し指がへなへなと萎《しお》れる。

「ではなぜでしょう？　わたしの得意とするところは……あとは鼻くらいのものです」

しかし、花の匂いが嗅ぎ分けられることがなにかの役に立つとは思えない。

「まあ、とにかく求婚を受けろ」

「待ってください、お父様。なにかご存知なら教えていただけませんか」

「なにも知らないほうが面白いじゃないか」

「面白いって……娘の結婚についてですよ⁉」

「そうだ。馬鹿正直すぎて婚約者がいなかったおまえにようやく貰《もら》い手《て》がついた」

父親の言うことは尤《もっと》もなので、ぐうの音もでない。

フィリスは貴族令嬢にも拘《かか》わらず、社交辞令が言えずなんでも馬鹿正直に話しすぎる。

そのため十八歳となったいまも婚約者がいなかった。奥ゆかしさに欠けるのだそうだ。

貴族の結婚は家同士のもの。結婚する当人とはいえ口を挟めないとわかってはいる。

「ではせめて皇帝陛下の絵姿を見せてください。求婚の書状と一緒にいただいているのでしょう？」

「だめだ、面白みが減る。なに、会えば絶対に気に入る。楽しみにしておけ」

「そんな、横暴ですよお父様！」

「本当に正直者だな、おまえは。さあこの話はもう終《しま》いだ。俺はまだ仕事がある」

しっ、しっという具合に手で追い払われる。フィリスはしぶしぶ父親の執務室をあとにした。

とぼとぼと廊下を歩く。そうして脳裏をよぎるのは、五年前のこと。

──ルランお兄様は……いまごろどうなさっているのかしら。

ある日突然、父親が「兄だと思って接するといい」と言って連れてきた麗しき青年、ルラン。フィリスには弟だけで、兄はいなかったものだから、寡黙で洗練された彼を慕い、ついてまわっていた。

しかしルランはたった半年でいなくなってしまった。父親に「あの人はどこへ行ったのか」と尋ねても「少し預かっていただけだ」と言うばかりでなにも教えてくれなかった。

剣技に長《た》けた父親のもとにはそうして教えを請う人がたまにやってくるので別段、珍しいことではなかったが、彼と過ごした日々はいまもよく覚えている。

もう一度ルランに会いたいという思いを、この五年というものどこかで抱いていた。

──でもわたしは侯爵家の娘。私情は捨てなければ……。

いまはアルティアに留学している弟もいずれこの邸《やしき》に戻って家庭を築く。ここで駄々《だだ》をこねて結婚しなければ、婚約者のいない自分は行き遅れとなり、弟たちに迷惑をかけることになる。

なにより隣国の皇帝からの求婚なのだ。断るという選択肢は初めからない。

フィリスは私室に戻るなり覚悟を決める。

「わたし、アルティアへ嫁ぐわ」

メイドたちは一様に「おめでとうございます」と祝いの言葉を述べてくれた。

アナ以外のメイドには席を外してもらう。

「それで……アナはどうする？　わたしと一緒に来てもいいし、この邸に残ってもいい。もちろんいますぐに決めなくてもよいのだけれど」

アナとは乳姉妹《ちきょうだい》として、生まれたときからずっと一緒に過ごしてきた。メイドの中でも特別な存在だ。

「お嬢様は……どう思われますか？　どうかいつものようにお答えください」

いつものようにというのは、正直にということだ。

「一緒に来てほしい。アナがいてくれたらすごく心強い。でも、無理強いはしたくない」

アナは下を向いて逡巡《しゅんじゅん》する。

「お嬢様と一緒にまいります。ど、どこまでも……！」

唇を震わせながらもアナは決意を口にしてくれた。

――心配性のアナだもの、不安だらけに違いないわ。もしかしたらわたし以上に……。

フィリスは涙ぐみながら手を取り「ありがとう」と言った。

窓から東の山脈を見る。アルティアへ行くにはあの山を越えなければならない。ひとたび行けば、そう易々《やすやす》とは侯爵領へ帰ってこられないだろう。

フィリスは琥珀色《こはくいろ》の瞳を小さく揺らした。

一週間ののち、隣国アルティアへ向けて出発した。

婚礼の準備期間はかなり短かった。とにかく早く来てほしいとアルティアの皇帝から要望があったことだけは父が教えてくれた。

舗装されていない山道を三台の馬車で進む。もうすぐ国境だ。二国間の取り決めにより素通りできるが、王都へ入る前には検問所があるはずだ。

ところが急に馬車が停《と》まる。

「ど、どうしたんでしょうね？　国境でも停まらずに通れるはずなのに……。私、見てきます！」

アナは血相を変えて馬車の外へ出ていく。そしてすぐに――出ていったときよりもさらにうろたえた顔で――戻ってきた。

「あのっ、あっ、ええっと……お、お嬢様、とにかく外へ！」

「ええっ？」

言われるまま馬車から降りる。まず目に飛び込んできたのは、金銀の房飾りがついた面繋《おもがい》を絡《まと》った黒馬だった。

視線をさらに上へ向ければ、真昼の陽光よりもさらに強い輝きを放つサファイアブルーの瞳に射貫かれる。山頂の強風が、艶のある漆黒の髪をしなやかにはためかせていた。

男性は中性的な顔立ちをしているが、馬に乗っていてもそうとわかるほど長身で肩幅も広い。女性と見間違うことはないし、なによりフィリスは彼をよく知っていた。

「ルランお兄様……？」

硬かった彼の表情がぱあっと明るくなる。

「ああ……覚えていてくれたのだな」

ルランは馬から降りると、そばにいた従者らしき男性に手綱を渡してフィリスのもとへと駆け寄った。

「ずっと会いたかった、フィリス……！」

言葉を返す前に抱きしめられる。ふわりと、すずらんの香りがした。とたんにドキドキと胸が高鳴る。

「あっ、あの……ルランお兄様。わたしはこれから嫁ぐ身なのです」

だからこんなふうに抱擁されているのはよくない。彼は再会を喜んでくれただけで、別段意味があって抱きしめているわけではないのだろう。それでも、こちらとしては異様なまでに意識してしまう。それは不貞に繋《つな》がるのではないかと思った。

ルランは驚いたように目を瞬かせる。

「ブランソン侯爵はきみになにも説明しなかったのか……。国境まで迎えにくることも手紙に書いておいたのだが」

ぼやくルランを見てフィリスは首を傾《かし》げる。

「きみが結婚することは知っている。アルティアの皇妃になるということも」

「ええっ。どうしてご存知なのですか？」

「まだわからないか？」

ルランは腰に提げていた剣の紋章をフィリスに見せる。アルティア帝国のものだ。フィリスは彼の頭から足先までをしげしげと、何度も見まわす。

白い軍服に外套《がいとう》を羽織り、緋色《ひいろ》のサッシュを掛けている。肩章のフリンジが、煌《きら》めきながら風に揺れていた。

憧れのルランに再会できたことの喜びが大きすぎて、彼の服装などは二の次になっていた。

「アルティア帝国の皇帝陛下……ルーラント様？」

ルーラントは微笑したまま頷《うなず》く。

あらためて見まわしてみれば、その服装は決して二の次にできるようなものではない。ルーラントにとてもよく似合っている。威風堂々たる皇帝陛下そのものだ。

ぶわわわ……と音を立てるようにして、感動が込み上げてくる。

「ルランお兄様、かっこいいです！」

つい正直に言ってしまう。ルーラントは照れたように視線をさまよわせて笑みを深くした。

「これから王都まで、きみの馬車に同乗しても？」

「はい、もちろんです」

「ありがとう」

彼がほほえむので、フィリスはますます惚《ほう》け顔になる。

「ルランお兄様の笑顔、素敵です……」

五年前はこんなに笑う人ではなかったので少し違和感があるが、笑っている顔も麗しい。

「そうか？　気に入ってもらえてなによりだ」

それによくしゃべる。五年前はもっと寡黙で、彼の声が聞きたくてついてまわっていたのを覚えている。

ルーラントは先にブランソン侯爵家の馬車に乗り、フィリスの手を取った。

「お嬢様、私は別の馬車に乗りますね」

小声で言い、アナは三台目の馬車へ行く。

ルーラントが乗ってきた黒馬はというと、一緒に来ていた侍従が城まで連れ帰るそうだ。

彼はあらかじめフィリスの馬車に同乗するつもりで、侍従には別の馬に二人乗りをさせてここまで来たのだという。

　ふたりを乗せた馬車が走りだす。

「さて、なにから話そうか。きみの父上は私のことをなにも語らなかったか？」

「はい。なにも知らないほうが面白いから、と」

「それはまた……ブランソン侯爵らしいな。五年前、私もそのような調子で剣技を扱《しご》かれたものだ」

　彼は懐かしむような表情を浮かべている。

「五年前にアルティアが王政から帝政へと変わったことは知っているな。そのとき皇帝に即位したのが、王弟であり当時侯爵だった私の父だ」

「そうだったのですか……！」

「私の父はアルティアのためとはいえ、なかば強引に帝政を押し通した。それで私は王政だった頃の要人たち……旧王派から命を狙われるようになった」

　初めて知らされた事実に、言葉が出なかった。フィリスは目線でもってルーラントに続きを促す。

「私は暗殺から逃れるため、武勲を立てて侯爵となったきみの父上のもとへ、ルランという偽名で匿《かくま》われていたというわけだ。きみの父上と私の父は国をまたいだ旧友だった。ブランソン侯爵は知ってのとおり剣技に長けているから、旧王派からの刺客も国境で返り討ちにして、寄せつけなかった。そうして半年のあいだに、皇帝となった父があらかたの旧王派を片付けたこと、私自身もブランソン侯爵から剣技を鍛え上げられたことでアルティアへ帰った」

五年前、父親が「ルランは剣筋がいい」と言っていたことを思いだす。ルーラントは幼少の頃から剣の稽古はしていたそうなので、半年という短い時間でもさらなる剣技を習得できたのだろう。

「そのとき、ブランソン侯爵と約束した。きみと婚約したいと」

「えっ！」

驚くフィリスの頰《ほお》をルーラントが手のひらですりすりと擦る。くすぐったい。

「対してブランソン侯爵は、私が皇帝に即位するまでは娶らせないとおっしゃった。そしてそのときまで、フィリスに会ったり連絡したりすることも避けるようにと」

「まあ、お父様ったらそんなことを⁉」

「いや、きっときみと私のためを思ってのことだ。ブランソン侯爵は私が真に皇帝になれるのか試しておられたのだと思う。それに……私は、帝政となったことで降って湧いた皇太子だ、そんな立場では力が弱かったのも事実だ。即位の前にきみを婚約者として公に発表すれば、フィリスまで危険に晒《さら》すことになっただろう。だが、まさかブランソン侯爵が私のことをなにひとつ話していないとは……」

「やっぱり、面白がっていたのだと思います、わたしの父ですから」

ルーラントは苦笑して、フィリスとの距離を詰める。

優しい眼差《まなざ》しで見つめられた。そっと腰を抱かれる。

「ルランお兄様……」

「もう『お兄様』はやめてもらいたい。私たちは結婚するのだから」

覚悟を決めてきたはずなのに、結婚という言葉にどきりとしてしまう。

「それとも、きみにとって私は兄でしかないのかな」

「い、いいえ、そのっ……ルーラント様。憧れておりました、ずっと。いつかまたお会いできたら……と。ただ……結婚という実感がまだ湧かなくて……」

ああ、このようなことを結婚相手に言うべきではないとわかっているのに正直に吐露してしまった。

貴族の令嬢ならば毅然《きぜん》として「あなたと結婚できて幸せです」と言うべきなのだ。

もちろん、結婚相手が憧れていた彼だと知って嬉《うれ》しい気持ちはある。

「……わかった。突然のことで戸惑う気持ちはわかる。私だってそうだ」

「戸惑っていらっしゃるのですか？　ルーラント様も……？」

ルーラントは「ん……」と小さく唸る。

「初恋だった。きみがずっとそばにいてくれたらいい、と……その一心で求婚した。だが

五年ぶりに再会して……きみがあまりにも大人になっているから……もう一度、恋に落ちた。なにもかもが魅惑的だ、フィリス」

大きな手のひらで頬を覆われる。温かい。

「ゆっくりとわかってくれればいい。生涯の伴侶が私だということを」

フィリスは思わず口と鼻を押さえた。

「ど、どうしましょう……わたし、鼻血が出そうです。ルーラント様があんまり麗《うるわ》しいので……！」

彼が破顔する。

「きみは相変わらず正直だ。そういうところは変わらないな。……よかった」

どこか憂いを帯びた笑みだった。なぜだろうと不思議に思ってルーラントを見つめる。

「私の顔を覗《のぞ》き込むのは、キスをねだっていると解釈しても？」

「ふえっ⁉」

慌てて飛《と》び退《の》くと、ルーラントはくすくすと笑った。

――五年前と違って、本当によく笑うようになられた。

表情もさることながら、以前はこれほど長く会話することもなかった。

――あの頃はわたしが一方的に話しかけてばかりだったもの。

ふと疑問が浮かぶ。

「ですが、五年前にルーラント様が我が家をお発《た》ちになるとき、どうしてなにも教えてくださらなかったのですか？　父と婚約の話をしていたことを」

ルーラントは『痛いところを突かれた』というような顔になる。

五年前フィリスは十三歳だった。まだ子どもだが、話してさえもらえれば婚約の意味は理解できたと思う。

「んん……そうだな。きみの言うことは尤もだ。きちんと話しておくべきだった。だが……面と向かって言うのが怖くもあった。私のような婚約者は嫌だ、と……拒絶されるかもしれないだろう」

「拒絶だなんて！　わたし……ルーラント様に再会できて本当に嬉しいのです」

「フィリス……」

額《ひたい》に、触れるだけのキスを落とされる。

「いまはまだ……額で我慢する。きみが私を愛してくれるまで」

唇の下をそっと辿《たど》られた。なにか言おうにも、彼の指を意識しすぎて言葉が出てこない。

――異性として愛する、って……どういう感覚なのかしら？

父親や弟のことは家族として愛している。大切な存在だ。メイドのアナに対しても家族愛に近い感情を持っている。

ルーラントに憧れる感情は恋なのかもしれない。ただ、その先がよくわからないのだ。

彼を慕うこの気持ちがこれからもそのままなのか、あるいはいまよりももっと強いものに変わるのか、わからない。

ガヴァネスからは男女の愛情について「夫婦になればおのずとわかります」としか教わらなかった。むしろ、貴族同士の結婚は感情が伴わないものが多いからあまり深く考えても仕方がないとまで言われた。

母親は幼い頃に亡くなっているから、父親とのそういう話は一切聞いたことがないし、また父親にしてもあの性格だ。尋ねても教えてくれなかっただろう。

馬車は山を下り、麓にさしかかる。フィリスは窓の向こうに広がる運河に目を奪われていた。

しだいに馬車の走行音が変わる。郊外と違って舗装された道になった。王都が近づいている証拠だ。

検問所は、ルーラントがいたので停まらずに素通りできた。

いよいよアルティア城に到着する。青い尖塔《せんとう》をいくつも有した荘厳な城だ。色とりどりのチューリップが咲き誇る畑を抜けて城の中へ入った。

「ここがきみの部屋だ」

案内された部屋は城の最上階で、かなり奥まった場所にあった。

「今日は疲れただろう。ゆっくり休むといい」

ルーラントに促されてソファに座る。すると彼はすぐ隣に腰掛けた。馬車の中でもそうだったが、常に距離が近い。そっと見上げる。

五年前だって眉目秀麗《びもくしゅうれい》な青年だった。いまは色気のようなものがとてつもなく濃くなっているような気がする。部屋にはアナもいて、ふたりきりではないというのに、胸の鼓動が収まらない。

そこへ、開けたままだった部屋の扉をノックする音が聞こえた。

「どうも、お帰りなさいませ陛下」

金の髪に茶色い瞳の男性が扉の前に立っていた。

ルーラントはほほえんだまま「この部屋には顔を出すなと言っておいたのだが」と低く呟《つぶや》いた。

「入ってもよろしいでしょうか」という男性に対してルーラントは「……と私の侍従が言っているが、入室を許しても？」と尋ねてくる。

フィリスが頷くと、ルーラントは「入れ」と侍従に告げた。

「いやあ、たいへんでしたよ。陛下の馬を城まで連れ帰るのは」

国境へ迎えにきてくれたルーラントはフィリスの馬車に乗った。その後、ルーラントの黒馬を城へと戻したのはこの侍従らしい。

「仕方がないだろう？　私のほかに黒馬を操れるのはおまえしかいないのだから」

ルーラントはにこやかだが、声音が少し低かった。

「はいはい、わかっておりますよ」

ずいぶんと気安い雰囲気だ。主従関係には見えない。侍従の年齢はルーラントと同じか、それよりも少し上だと思われる。

フィリスの視線に気がついたらしい侍従がにっこりと笑う。

「ああ、申し遅れました。僕はセドリックといいます。陛下の忠実な下僕です」

セドリックが近づいてくると、どこからともなく柑橘系《かんきつけい》の香りがした。

「フィリス・ブランソンと申します」

レディの挨拶をするフィリスを、ルーラントが凝視する。

「五年前よりも落ち着きが出たな、フィリスは」

感心したようすで言われ、気恥ずかしくなる。

「もう十八ですから！　十三歳の頃とは違います」

「そうだな……」

そうしてまた見つめられる。

「陛下。五年ぶりの再会で愛《いと》おしいお気持ちはわかりますが、そんなにじろじろ見てちゃレディだって居心地が悪いですよ」

指摘されても、ルーラントはフィリスから視線を逸《そ》らさなかった。セドリックは「はあ」とため息をつく。

「それで、陛下。皇妃教育の話はもうなさったんですか？」

「これからだ。到着したばかりだから、フィリスにはまだゆっくりしてもらおうと思っていた」

「ルーラント様、お心遣いありがとうございます。あの、でも……お聞きしたいです」

皇妃としての教育を受けることでルーラントの役に立ちたい。

アルティアの文化について、基礎知識はあるものの城の風習や社交界についてはほとんど知らない。

「アルティアについて、教えていただきたいです。精いっぱい勉強します。ルーラント様の隣にふさわしい者になるために」

ルーラントは嬉しそうに笑みを深め、よしよしという具合にフィリスの頭を撫《な》でた。

やはりまだ子ども扱いされているような気がする。しかし以前はこうして頭を撫でられることも、ごく近くで肩を寄せ合うこともなかった。一気に距離が縮まったようで、嬉しい。

「きみへの教育は主に私がする」

「え……ルーラント様がですか⁉」

「五年も会えなかったんだ。四六時中だってきみと一緒に過ごしたいくらいだ、ふたりきりで」

すりすりと頬を撫でられる。

「あ、ありがとうございます。すごく嬉しいのですけれど……ルーラント様は皇帝陛下ですから、お忙しいのでは？」

「そうですよ、陛下。四六時中だなんて無茶言わないでください」

セドリックにそう言われても、ルーラントは笑みを崩さず澄まし顔だ。

「気持ちはそうだということを伝えたかっただけだ。現実的でないのはわかっている。私が公務のときはセドリックが教えることになっている。もちろんセドリックとふたりきりではなく、侍女もつけるから安心していい」

「いやだなぁ、陛下。皇妃殿下に手出しするほど馬鹿じゃありませんよ」

「軽口ばかりで慇懃《いんぎん》無礼《ぶれい》なやつだが、セドリックはアルティア随一といっていいほど博識だ」

「けなされてるんだか褒められてるんだか……」とぼやくセドリックを見て、フィリスはつい「ふふ」と笑ってしまった。

夜になると、フィリスはルーラントに『皇妃教育』の名目で寝室へと呼びだされた。

「こんな時間にすまないな、フィリス」

「いいえ、お時間を作っていただけるだけで嬉しいですから！　でも……ご無理なさっていませんか？」

「無理などまったくしていない。むしろこうしてきみに会えるだけで活力を得る。……ん？　それはノートか」

「はい。ルーラント様のお話を書き留めようと思いまして」

「私の話を聞くのにそんなものは必要ない。きみが覚えるまで何度でも話そう。さあ座って」

促されるままソファに座る。例のごとくルーラントはフィリスのそばにぴたりと張りついて、肩を抱いている。

「いいえ、それではルーラント様のお手を煩わせてばかりになりますから、どうか書き留めさせてください」

「どうしてもと言うのならかまわないが……」

頬にキスされ、どぎまぎせずにはいられない。

「き、教育を……してくださるのですよね？」

「そうだ」

にこやかに答えて、ルーラントは先ほどとは反対側の頬にキスをする。挨拶のキスだというのに、翻弄されてしまう。

「あ、あっ、あの！　アルティアのことを、教えてくださいますか⁉」

そうでも言わなければ、ずっと挨拶のキスが続きそうな勢いだった。これでは『教育』にならない。

ルーラントは目を伏せて口角を上げる。

「ああ……。といっても、私が語れるのは五年前に王政から帝政へと変わったあとのことだが」

フィリスの髪を撫でながら彼は話しはじめる。

「王政時代の国王……私の伯父のことを、城の者は旧王と呼んでいる。旧王の政治は強引だった。アルティア周辺に散らばる小国を武力で無理やり従えようとしていた。そのため国境では紛争が絶えなかった。小国はどんどん疲弊し、国力が衰えていく。その中には、私の母の祖国も含まれていた」

羽根ペンで文字を綴《つづ》りながら、ルーラントの低い声にひたすら耳を傾ける。

「私の父は愛妻家でね。旧王には何度も『小国を武力で制圧するべきではない』と提言した。小国のほとんどが争う意志はなく、和平を望んでいたのだから。だが旧王は違った。武力で属国にしようとしていた。攻め入ることばかり考え、他者の言葉に耳を貸さなくなった」

すぐそばで響く彼の声は耳に心地よく、うっとりしてしまいそうになるのを必死に堪えて羽根ペンを動かした。

「……ここまでは、いいか？」

腰を抱かれ、ますます距離が近くなる。

「はい、理解できております。ただ……あの、ルーラント様がとても近くにいらっしゃるのでドキドキしています」

「はは」とルーラントは笑う。

「いやか？　私がすぐそばにいるのは」

「いいえ、まさか！　わたしが勝手にドキドキしているだけですから」

すると彼は急にすっと目を細くした。

「きみだけではなく、私だって……」

手を取られ、彼の胸へと持っていかれる。ドッ、ドッ、ドッ……と、速い鼓動を感じる。

「わたしと同じ……？」

呟けば、ルーラントは大きく頷く。

「恋しかったきみにやっと会えた。手を伸ばせば触れられる位置にフィリスがいるということに感動している」

頬にちゅっとくちづけられる。キスはその一回では終わらなかった。彼の唇はしだいにずれていく。首や、鎖骨の上あたりに唇を押しつけられた。

「く、くすぐったいです」

　フィリスはたまらず身を捩《よじ》る。

「……くすぐったいだけか？」

「え？　ええと……先ほどよりももっと、ドキドキします」

「そうか。ほかのところにもくちづけたい」

　ルーラントはにこやかにそう言うと、フィリスの手を取り指先や手のひらにキスの雨を降らせた。

「ル、ルーラント様……！　心臓が壊れてしまいそうです」

「それはいけない」

　真面目な顔つきになって、ルーラントは一切をやめてくれる。それでも手は離さず、指は絡んだままだ。

「……小さい手だ」

「ルーラント様は大きいですね。剣だこもある」

「鍛錬は毎日欠かさずしている。ブランソン侯爵に扱《しご》かれて以来ずっと」

「父の教えは厳しかったですか？」

「それはもう。ブランソン侯爵のもとで剣技を学んでいるあいだは『明日は起き上がれないのではないか』と思ってばかりの日々だった」

「そ、そんなに……」

「だがそんな中できみの存在だけが癒やしだった」

「そうなのですか？　あの頃のルーラント様はこんなにたくさんお話ししてくださらなかったので……」

「あの頃は……まあ、あれだ。若気の至りというものだろう。きみのように正直には言えなかった」

　彼が深呼吸をする。

「だからそのぶん、言う」

　逞しい腕に抱きしめられた。

「好きだ、フィリス」

　吐息とともに耳に直接吹き込まれた掠《かす》れ声に、脇腹のあたりがぞくぞくと震えた。瞬時に頬が火照る。

「わたし……これから、大丈夫でしょうか。ルーラント様の前ではいつも顔が熱くなります」

「そのうち慣れるさ」

「そうでしょうか」

ふたたびぎゅうっと、先ほどよりももっと強く抱きすくめられる。

「ではきみが慣れるまで愛を囁《ささや》こう。愛しいフィリス……」

首筋をちゅうっと吸い立てられたフィリスはぼっ、と頬を赤く染める。

──慣れるのには、すごく時間がかかりそう……！


セドリックからの教育は城のサロンで受けることになった。部屋にはアナと、それから給仕のための侍女がいる。

「ごきげんよう。失礼しますね」

セドリックが部屋に入ってくると、アナはすぐに彼のぶんの紅茶を淹《い》れた。

「あら……？　蜜柑《みかん》の香りがします。それに……ラベンダーも」

「これは驚いた。はい、きっと僕がつけている香水です。けどいつも、手首にほんの少ししか塗らないので、よほど近くに寄られない限りはだれにも気がつかれないんですよ。いまだって机を挟んで向かい合っているだけなのに……。しかも香りの種類までおわかりになるとは。紅茶の香りだってしているのに、皇妃殿下は鼻がよくていらっしゃる」

「美味《おい》しそうな香りでしたので、わかったのだと思います」

「皇妃殿下は冗談もお上手ですね」

「あの、セドリック様。皇妃殿下……と呼んでいただくのは、まだ早いような気がします」

「いえ、そう呼ばせてください。あなたはルーラント陛下にとって唯一無二の人だ。それに僕のことはどうぞ呼び捨ててください。様なんてつけられたら、陛下に殺されそうだ。僕は一応『子爵』ですが、あってないような爵位ですので」

「あってないような爵位……ですか？」

「はい。陛下にこき使われすぎるせいで、貴族には見られないんですよ」

「ははは」とセドリックは笑っている。

「ところで陛下からはどこまで教わりましたか？」

「旧王陛下は、争う意志のない周辺の小国に戦を仕掛けていたと」

フィリスはセドリックにノートを見せる。

「なんだ、まだそんな話ですか。帝政となってからのことはなにも？」

「はい。その……申し訳ございません」

「いえ、あなたを責めているわけじゃないですよ。陛下です、陛下。まったく……」

「ルーラント様とセドリックは仲がよろしいのですね？」

「ええっ、どこをどう見たらそうなるんですか。よくないですよ」

「そうでしょうか。気の置けない友人……というように見えます、わたしには」

「陛下と僕はお互い子どもの頃からの付き合いだから、ですかね。さぁさぁ、それよりもお勉強です」

「はいっ。あらためまして、よろしくお願いいたします」

セドリックは笑顔になって頷き、話しはじめる。

「当時の国王陛下は非常に好戦的でした。戦争は国を疲弊させます。攻め入られる側の小国はもちろん、アルティアも無傷ではいられない。国王陛下は国の痛みに鈍感なところがあった。そこで革命が起こったのです。ルーラント陛下の父上は貴族や庶民を味方につけて皇帝として即位することで国王陛下を追い落とし、武力行使をやめた」

ルーラントのときと同じように、フィリスはセドリックの話を一言一句、違《たが》わずノートに記していく。

「前皇帝陛下は飴《あめ》と鞭《むち》の使い方がうまかった。それはルーラント陛下も同じかもしれません。周辺諸国のなかでは喜んで属国となるところもありました。その点がふたりの王……国王と皇帝の決定的な違いですね」

前皇帝陛下であるルーラントの父は現在、すべてをルーラントに託して退位し、妻である前皇妃の祖国でのんびりと隠居生活をしているという。

——あら？　それでは、追い落とされたというほうの旧王陛下……ルーラント様の伯父様は、どうなったのかしら。

ルーラントは「あらかたの旧王派は前皇帝が片付けた」と、アルティアへ向かう馬車の中で言っていたが、旧王は存命なのだろうか。

「セドリック、質問してもよろしいでしょうか」

「もちろん、どうぞ」

「旧王陛下はいまどちらに？」

「それは……」

セドリックはもの悲しい雰囲気を醸しだして目を伏せる。

「五年前に亡くなりました。幽閉されていた牢《ろう》で自害なさったのです。心を病んでおられたようです」

「そうなのですか……。ではルーラント様がおっしゃっていた旧王派というのは、旧王を取り巻いていた人たちのことなのでしょうか」

「そうなりますね」

しばらくふたりとも無言だった。フィリスは逡巡する。

――旧王はもう亡くなっている……。

事情があるとはいえ、肉親を喪《うしな》うのは悲しいことだ。フィリスは亡き母を想《おも》う。もう二度と会えないし、話をすることもできない。

「旧王陛下がご逝去なさって、ルーラント様も心をお痛めになったのでは……」

ほかにもきっと、王政から帝政へと成ったときには様々なことがあったと想像に容易《たやす》い。過ぎたことだが、彼が辛いであろうときにそばにいられなかったことが悔しくなる。

しばらく沈黙したあと、フィリスは「旧王陛下のご冥福をお祈りいたします」と言葉を添えた。

セドリックはというと、哀《かな》しげな笑みをたたえていた。

「皇妃殿下はお優しくていらっしゃる。亡き国王陛下も浮かばれることでしょう」

フィリスは神妙な面持ちで頷く。

――でも、なにかしら……さっきからずっと違和感が……。

「さ、次ですよ皇妃殿下。さくさく進めないと、あっという間に婚儀になってしまいます」

セドリックに言われ、フィリスは「は、はいっ」と返事をする。

そこからは怒濤《どとう》の講義だった。フィリスは必死に羽根ペンを動かす。いったいなにに『違和感』を覚えているのか、考える余裕はなくなった。

セドリックの講義が終わったフィリスはアナと一緒にサロンを出て、あてがわれている部屋へ戻った。

「お疲れ様でございました」

アナが紅茶を淹れてくれる。

「それにしても、セドリック様は陛下の侍従なのにどうしてお嬢様……じゃなかった、フィリス様の教育係になられたんでしょうね？」

これから皇妃になろうというのにいつまでも『お嬢様』ではいけないので、アナには名前で呼んでもらうことになった。アルティア城の侍女頭のアドバイスだ。

アナはもうメイドではなく、フィリスつきの侍女である。

「私でしたら、フィリス様のおそばを離れて別の仕事をするなんて、とても考えられませんけど」

侍従や侍女は基本的に主のそばにいて、身のまわりの世話をするのが慣例だ。

「そうね……セドリックがとても博識だから、じゃないかしら。彼の説明はすごくわかりやすいもの」

「あぁ、なるほど」と、アナは納得しているようすだ。

アナが淹れた紅茶を飲んで一息つくと、扉の向こうから「皇帝陛下がお見えです」という侍女の声が聞こえた。

フィリスはソファから立ち、彼を出迎える。

「ルーラント様！　どうなさったのですか？」

「少し手が空いたので、きみのようすを見に」

「まあ、ありがとうございます」

アナは彼のぶんの紅茶を淹れると「控えの間におりますね」と言い残して部屋を出ていった。

以前ルーラントが「四六時中ずっとふたりきりで過ごしたいくらいだ」と言っていたので、気を遣ってくれているものと思われる。

ルーラントがソファに座る。フィリスはそのすぐ隣に座り直した。

「きみのほうからこんなに近くに座ってくれるとは。嬉しい」

「えっ⁉」

そう言われてみれば、と思い至り急に恥ずかしくなる。

「最近はずっとこのような感じでしたので……」

フィリスは頬を朱に染めて距離を取ろうとする。それをルーラントは許さない。

「離れてほしいなんて言っていないだろう？　むしろもっと……そうだ、私の膝の上にでもどうだ？」

ますます頬が熱くなってしまう。

「ご冗談ですよね？」

彼はいつもにこやかだから、冗談なのか本気なのか判別がつきにくい。

「半分はな。それはそうと、セドリックの講義はどんなふうだった？」

「はい、わたしにもわかるようにお言葉を選んでくださっているようで、きちんと理解できております」

「そうか。……きみのノートを見てもいいかな」

「わたしのノートを……ですか？」

フィリスは首を傾げながら立ち上がり、机に置いていたノートを手渡す。ルーラントがノートを読むのを、しばらく眺めていた。真剣な横顔に見とれていたというほうが正しい。

ルーラントはフィリスのノートを流し読みではなく、一文字一文字をしっかりと読み込んでいるようだった。

「あの……ルーラント様？」

声をかけると、はっとしたようすで彼は顔を上げる。

「いや……きみは字も美しいな、と」

流し目を寄越《よこ》され、どきりとする。

ルーラントはノートを閉じると、「ありがとう」と言葉を添えてフィリスに返した。

「そうだ、城の庭を案内しよう」

「お庭！」

ぱあっと顔を輝かせてフィリスは浮き浮きして廊下へ出る。そこにはセドリックが控えていた。

「だれかと顔を突き合せて教育ばかりでは息が詰まるだろうから、フィリスを庭へ案内することにした。従者は不要だ」

「どうぞ、いってらっしゃいませ。次のご公務の時間までにはお戻りくださいね」

セドリックは仏頂面ながらも手を振って送りだしてくれる。

「行こう、フィリス」

彼に肩を抱かれたまま歩く。廊下で城勤めの者たちとすれ違っても、ルーラントはフィリスのそばから離れない。離れてほしいわけではないが、少々気恥ずかしい。

「ごきげんうるわしゅう、陛下」

それまで、城勤めの者たちに挨拶をされても立ち止まらなかったルーラントがぴたりと足を止めた。

年齢は五十歳くらいだろうか。厳《いか》めしい顔つきの男性だった。銀色の長い髪に緑色の瞳をしていて、銀縁のモノクルを掛けている。

「どちらへ行かれるのですかな」

男性はにこりともせずに聞いてくる。

「庭だ。私の婚約者を案内する」

「さようでございますか。愛らしいフィアンセを同伴なさってさぞお幸せそうですが、もう一刻もすれば要人との面会時刻となります。ゆめゆめお忘れなきよう」

一息にそう言うと、男性は軽く低頭して去っていく。

ルーラントは終始ほほえんではいたが、男性に対してなにも答えなかった。

アルティア城の庭には赤や白、黄色のチューリップが競うように咲き誇っていた。風に頭を揺らす花々を眺めながら庭を歩いたあと、ふたり並んでベンチに座る。

「先ほどルーラント様がお言葉を交わされた方のことをお聞きしても？」

なんとなくだが、男性と話をするルーラントの表情が硬かった気がした。

ルーラントは視線をチューリップのほうへと向けて話しだす。

「あの男……デレクはかつて旧王に仕えていたが、私の父が優勢とみるやいなや即座に王を鞍替《くらが》えした。前皇帝が退位してもなお宰相の地位を保ったまま いまに至る。顔を合わせれば先ほどのような調子で嫌味《いやみ》ばかり言われる」

そう言うなりルーラントは大きく息をつき、苦笑した。

「すまない、愚痴だな」

「いいえ！　なんでもお話しください。ルーラント様のお考えを知ることができるのは、わたしの喜びですから」

彼はまるで眩《まぶ》しいものを見るように目を細めて、穏やかに笑む。

「ああ、本当に……きみはなんて健気《けなげ》でかわいらしいんだ」

両腕が腰へとまわり込んできた。ぎゅうっと抱きしめられる。そのあとは頭を撫でられた。ただでさえすぐそばに座っていたのに、これでは隙間もない。

「ルーラント様、あの、ここ……お庭ですから」

フィリスは人目を気にして視線をさまよわせる。

「そうだな」

「え、ええと……」

「うん？　いつも素直なきみが言いよどむなんて珍しいな」

「〜〜っ！」

周囲のようすを窺《うかが》うのをやめて彼を見上げる。

「からかっていらっしゃいます？」

「少しだけ、な」

ぐっ、とさらに強く腰を抱かれた。

「だがここが庭だからといってきみと距離を取るつもりはない。離したくない、片時も

……」

フィリスは言葉なく、ひたすら頬を染めて彼の視線を浴びる。その額にルーラントはちゅっと音を立ててキスを落とした。

「フィリス様～っ、お手紙でございます」

机の前で『アルティアの歴史』という分厚い本を読むフィリスのもとへアナがやってきた。

フィリスは「ありがとう」と言いながら手紙を受け取り、差出人を確かめる。

「ダニエルからね」

三つ年下の弟、ダニエルは二年前からここアルティアの寄宿舎学校に留学している。

「ダニエル様はなんと？」

「ええと……『城を訪ねたいので、ご都合がよい日を教えてください』と書かれているわ」

「城へいらっしゃるのですね。相変わらずダニエル様はフィリス様が大好きでいらっしゃいますねぇ」

フィリスは「ふふ」と笑い、これからのことを考える。弟を迎えるとなれば、城の主であるルーラントに伺いを立てたほうがいいだろう。

「ルーラント様の今日のご予定はたしか……」

フィリスの問いに、アナは紙を見ながら答える。

「このお時間、陛下は部屋で執務……と書かれていますが、もう間もなく御前《ごぜん》会議かと」

「ではお部屋からお出になるかも」

　彼が会議場へ行く傍ら、話ができるかもしれない。

　フィリスはアナとともに私室を出てルーラントの執務室へ向かった。するとちょうど彼が部屋から出てきた。

「ああ、フィリス。どうした？」

「会議の前ですのに申し訳ございません。これから会議場へ向かわれるのですよね？　それまで、少しお話しさせていただいても？」

「もちろんだ。歩きながらになってしまうのが心苦しいが」

「とんでもございません。ありがとうございます」

　ふたりは連れ立って吹きさらしの外廊下を歩きだす。

「先ほどわたしの弟から手紙が届きまして、お城を訪ねたいと申しておりますがよろしいでしょうか」

「ああ、かまわない。期日は？」

「都合のよい日を教えてほしいと、弟が」

「でしたら四日後の夜はどうです？　陛下」

　斜め後ろをついてきていたセドリックが提案してきた。セドリックはルーラントの予定を、紙を見ずとも記憶しているらしい。彼が紙を見て予定を確認しているところはこれまで一度も見たことがない。

「そうだな。晩餐会《ばんさんかい》を催《もよお》そう、ごく内輪で。……ダニエルに会うのも五年ぶりだな」

フィリスは「そうですね」と相槌《あいづち》を打つ。五年前は、ルーラントについてまわるフィリスを追いかけるダニエル、という具合だった。

ルーラントが、思いだしたように「そういえば」と言う。

「五年前……きみは短剣を持ち歩いていたよな、護身用に。いまも身につけているか？」

「いえ、皇帝陛下であるルーラント様のおそばにいるのに、そのようなものを持っていてはいけないかな、と……」

「いや、この城でも念のため短剣は持っていたほうがいい。あとで届けさせよう」

「あの……ですが、本当に持ち歩いてよろしいのでしょうか？」

城内にはあちらこちらに衛兵がいる。そのようなものを持っていてはかえってルーラントに悪い影響が出るのではないかとフィリスは危惧した。

「きみが私に危害を加えるとは微塵《みじん》も思っていない」

ルーラントは足を止めてフィリスと向き合う。

「尤も、きみのことは私が守るから使う機会はないとは思うが」

慈《いつく》しむように頬を撫でられる。いつのまにか会議場の前に到着していた。

「また夜に、フィリス」

「はい。話を聞いてくださりありがとうございました」

会議場に入っていくルーラントを、フィリスは惚け顔で見送った。


ダニエルを城に招いての晩餐会は東の応接間で催される。部屋はそれほど広くはないが、東の窓に面していることから、昇りはじめた美しい月を存分に眺めることができる。

応接間の中央に置かれた丸いテーブルにはルーラントとフィリス、それからセドリックも同席していた。

「あの、僕まで参加しちゃって本当によろしいんですか、陛下」

「ああ。一応子爵だろう、おまえは」

「一応って……まあそうですけど。でも豪華なお料理にありつけるのは単純に嬉しいです」

「そうでなくたっておまえはしょちゅう厨房《ちゅうぼう》でつまみ食いをしているだろう」

「はは、ばれてました？　ですが朝から晩まで陛下のために忙しく働いているので、どうも小腹が空くんですよ」

セドリックは「仕方がないでしょう」と付け足して笑っている。

「失礼いたします。ダニエル様がお見えになりました」

アナがダニエルと一緒にやってきた。今宵《こよい》のゲストはダニエルのみだ。

「このたびはお招きいただきありがとうございます」

金色の猫っ毛を揺らしてダニエルが低頭する。フィリスは琥珀色の瞳だが、ダニエルは亡き母親譲りのエメラルドグリーンの目をしている。

「久しぶりだな、ダニエル。座ってくれ」

ルーラントに促されるままダニエルはセドリックの隣に座る。弟は緊張しているようだった。

――そういえば五年前も、ダニエルはルーラント様がいると緊張しきっていたわね。

「どうも、セドリックと申します。陛下が怖いのは、僕ものすご～くわかりますが、取って食いなどなさらないのでどうぞ楽にしてくださいね」

セドリックが冗談めかして言うと、ダニエルの緊張は一気にほぐれたようだった。「お心遣いありがとうございます」と言って笑っている。

ルーラントはというと、セドリックになにか言いたげだったが、苦言を呈することはなく微笑を浮かべてフィリスのほうを向いた。

「アルティアのワインを飲んだことは？」

「い、いえ……」

ルーラントが「ではこの機会に」と言うと、給仕の侍女がグラスにワインを注いでくれた。

「……っ、はい。お酒にはあまり強くないのですが、いただきます！」

壁際にいるアナがおろおろしたようすで見つめてくる。きっと「お酒はやめておいたほうがいい」と言いたいのだろう。

「うん？　いや、無理をする必要はない」

「いいえ、平気ですから！」

皇妃になるのだから、苦手だといって避けてはいられない。酒は飲めば飲むほどきっと強くなるに違いないと信じてフィリスはごくごくとワインを呷《あお》った。

まろやかな喉ごしだった。芳醇《ほうじゅん》な香りが鼻から抜ける。

「すごく美味《おい》しくて、飲みやすいです」

「そうか、よかった」

ところが少しすると、視界がぐらぐらと揺れはじめる。

「フィリス、平気か？　これは……部屋で休んだほうがよさそうだ」

「で、ですが……。せっかくダニエルが来てくれたのに……」

「姉様、僕のことは気にしないで。顔が真っ赤だよ？」

「私がフィリスに付き添おう。酒を飲ませてしまったのは私だからな。ダニエルを頼んだぞ、セドリック」

「仰せのままに」

フィリスはルーラントに体を支えられながら私室へと歩いた。

ルーラントがアナを下がらせたので、部屋にはふたりきり。

彼に伴われてソファに座る。

「申し訳ございません、ルーラント様……わたし、ご迷惑を……」

「気にするな。私のほうこそ、きみがこんなに酒に弱いとは知らず……すまなかった」

「いいえ、いいえ……！」

首を振るとよけいに酔いがまわってしまいそうだった。彼が背を撫でてくれる。

「こんなふうに……無遠慮に触れてばかりでは、きみに嫌われてしまうかな」

「まさか、そんな……ルーラント様、大好きです」

フィリスはとろんとした瞳でルーラントを見つめる。

「結婚相手があなただと知らずに輿入《こしい》れが決まったとき……ルーラント様にもう一度、会いたかったと思いました」

本当は、他のだれかになんて嫁ぎたくなかった。いまさらそのことを自覚する。

「だから……わたし、幸せ」

幸福感を滲《にじ》ませてふにゃりと笑うフィリスを見て、ルーラントは短く息を吸った。

「水を、飲むか？」

「……？　はい」

ローテーブルの上に置かれていたのは水が入ったグラス。この部屋に来たときにアナが用意してくれたものだ。

そのグラスを、どうしてかルーラントが手に取る。

「あの……？」

水を飲むかと訊《き》いておきながら、彼がグラスに口をつけている。グラスに入った水を飲むというだけの動作でも、ルーラントは優美だ。

彼の片手に頬を、もう一方の手で顎を摑《つか》まれる。

「んっ……!?」

なにが起こったのか、すぐには理解できずにフィリスは何度も目を瞬かせた。そうしてやっと、唇と唇が重なり合っているとわかる。

口腔《こうこう》に水が流れ込んでくれば、嚥下《えんか》するしかない。反射的にごくりと喉を動かす。驚きはあったものの、不快感は一切なかった。

唇が離れるなりフィリスは恍惚《こうこつ》として言う。

「ルーラント様の舌って……なんだかすごく甘い、です」

酒のせいなのか、ずっと夢見心地だ。

「まったく……きみは……」

ルーラントは頬を赤くして笑っている。

「もっと欲しいか？」

水のことだと思ったフィリスはすぐに頷く。

しかし彼は、水を口にすることなくフィリスの唇を覆った。

「ふっ……？」

彼の口腔に水が含まれておらずとも、渇きが癒えていくようだった。幸福感に拍車がかかる。

ルーラントはフィリスの唇を何度も食《は》みながら、肩や脇腹を撫でまわす。

「ん、んっ……」

くすぐったくなって身を捩るものの、彼はお構いなしに両手でフィリスの体を確かめていく。

「……護身用の短剣を忍ばせているのは、ここか？」

「え……？」

「どういうふうに備えているのか、見たい」

「は、はい……」

短剣はルーラントから賜ったものだ。それを見せろと言われれば、断れない。

ドレスの裾を捲《まく》り上げられるのがたまらなく恥ずかしくても、我慢しなければならないのだとフィリスは自分に言い聞かせた。

それでも、露《あら》わになった太ももをじろじろと見られるのはいたたまれない。

「あの、もう……よろしいですか？　は、恥ずかしい、です」

「まだ……だめ、だ」

そっと、探るように左の太ももを撫で摩《さす》られる。

「どうして……そこ……触るのですか？」

くらくらしてくるのはなぜだろう。前に酒を飲んだときとはまったく異なる感覚に見舞われる。

ルーラントは笑んだまま、なかなか答えようとしない。そのあいだもフィリスの素肌を探る手はいっこうに休まらなかった。

「……触りたいから」

ぽつりと呟き、抱き寄せられる。フィリスはされるがまま彼の胸に顔を埋めた。

「フィリス、着替えたほうがいい」

「ではアナを……」

「いや、私が手伝う」

「ルーラント様が？　だめ……です。そんなこと、ルーラント様にしていただくわけには……」

「私はきみの夫になるんだ。夫は妻の着替えを手伝うもの。そうだろう？」

耳元で囁かれ、暗示のようになる。

「そう……なのでしょうか……。では……」

よろしくお願いします、とフィリスが言うのと同時にルーラントは意気揚々とドレスの編み上げ紐《ひも》を解いた。コルセットも同じようにするすると紐解かれ、あっという間に下着姿になってしまう。

ルーラントはフィリスの太ももに巻かれた短剣のベルトを外すと、またも熱心に視線を注いだ。

「あ、あんまり……見ないで、くださいますか……?」

「どうして?」

「体が……ますます熱くなってきてしまうのです」

彼は楽しそうに「ふうん」と言うだけで、目を逸らそうとはしない。

「だから……だ、だめ」

「今度はきみが『だめ』だと言っているな」

くすっと笑いながらも、たまらないと言わんばかりに眉根を寄せてルーラントは息をつく。

「わかった。じろじろと見るのはやめよう」

ルーラントが身を屈《かが》める。なぜそんなにも上体を低くしているのか、そういった勘も経験もないフィリスにはわからない。

彼はフィリスの胸のすぐ上に唇を押し当て、肌を吸い上げた。

「ぁっ……ルーラント様……っ」

「うん？　見るのはきちんとやめた」

甘い声で言いわけしている。

「あの……ん……く、くすぐったいです」

「なにが？」

「ルーラント様の髪と……唇、が」

「くすぐったいのは嫌いか？」

「嫌いでは、ないですが……す、好きというわけでも」

ルーラントは口の端を上げて目を細くしたあと、フィリスの首筋にくちづけた。

ドキドキするのに、強烈な眠気に襲われる。酒を飲んだせいだろうか。

「フィリス……愛している」

甘い愛の言葉を聞きながら、フィリスは眠りへと落ちていく。

第二章　皇帝陛下の熱烈な愛

頬になにか柔らかいものが当たる感触がした。

「……？」

目を開けたいのに、なかなかそうできない。そのあいだも頬には幾度となく柔らかなものが押し当たった。

ようやく瞼《まぶた》を持ち上げれば、目の前に美貌のルーラントがいた。

「おはよう、フィリス」

起き抜けなのか、彼の声は少し掠れている。

「おはよう……ございます」

挨拶を返したものの、すぐには状況が呑《の》み込《こ》めない。なぜルーラントと同じベッドにいて、腰を抱かれているのだろう。

彼の温《ぬく》もりを感じてうろたえながらもフィリスは必死に考える。

「わ、わたし……昨夜は、ええと」

「きみは晩餐会で酒を飲んだが、顔が真っ赤になったのでこの部屋に来た」

「そう……そうでした。ご迷惑をおかけしました」

「いい。それより具合はどうだ？　頭は痛まないか」

宿酔《しゅくすい》を心配してくれているらしい。

「はい、平気です」

「よかった」

まるで幼い子どもにするように、ルーラントはフィリスのストロベリーブロンドを撫でる。

「ところで昨夜のことは……覚えているか？」

「いいえ……それが、おぼろげにしか」

ルーラントは苦笑している。

「きみに酒は禁止だ」

「そ、そんなにひどかったですか⁉　申し訳ございません」

「そうじゃない。隙がありすぎて私の理性が保《も》たないからだ」

昨夜の出来事が急に思いだされる。

唇と唇を重ね合わせたことがはっきりと頭に浮かび、頬が熱くなる。

「キス、なさいましたよね？　唇に……。そ、それに、着替えも……！」

彼はほほえんだまま、うっ、というような顔になった。

「キスではなく、水を飲ませただけだ。着替えも、手伝っただけ」

「え……そ、そうなのですね。すみません、わたしったら勘違いして……」

フィリスが真《ま》っ直《す》ぐに見つめていると、ルーラントは無造作に前髪を掻《か》き上げた。その所作にどこか艶《なま》めかしさを感じて俯《うつむ》く。

観念するようなため息が頭上から降ってきた。

「いや、言いわけだな。……ああ、そうだ。フィリスが私を愛してくれるまで……という約束を、破ってしまった。しかもきみは酔っていた。判断力が低下しているとわかっていながら、私は……」

ルーラントは自分を責めるように、悲しそうに笑う。

「いえ、でも、あのっ……。ルーラント様の唇がすごく柔らかかったの、覚えています！　着替えも、手伝ってくださってありがとうございました」

昨夜のことが、自身の発言も含めて鮮明に蘇《よみがえ》ってきた。

「それにわたし、ルーラント様のことが大好きだとお伝えしました。だから、お約束を破ったことにはならないかと……」

「ん……」

彼はわずかに眉根を寄せる。

「……そうかな？　『大好き』と『愛している』は同義だろうか」

フィリスは口を開くものの、続く言葉はない。

――愛しているって、具体的にどういうことなの？　大好きだって思う気持ちと違うところって、いったいなに？

でもそれは、自分で考えて答えを出すこと。だれかに聞いてわかるものではないのだ、きっと。

考え込むフィリスの頭にルーラントはぽんと手を載せる。

「困らせたな。……きみが答えを見つけるまで、すべてを奪いはしない」

「奪う……とは？」

首を傾げると、下腹部をそっと撫でられた。

「夫婦の営みについて、どれくらい知っている？」

「ええと……夫となる方にすべてお任せするように、と」

「……そうか」

にこやかな顔のまま、ルーラントはしばらくなにも言わなかった。

「すべてを奪うというのは……肉体に限って言えば、きみの体をあますところなく見てまわり、深い場所で繋がり合うことだ。女性は痛みを伴う」

「い、痛いのですか」

「ああ。だが初めだけだ。そのあとはきっと悦《よ》くなる」

急に淫靡《いんび》な雰囲気になった気がしてフィリスは動揺する。

ベッドに横たわるルーラントの黒髪がシーツの上に散っている。朝陽に照らされた髪は燦然《さんぜん》としていた。それがどういうわけか、いけないものを見ているような心地にさせる。

「生涯で一度きりの痛みを、性急にきみに与えるようなことはしないと誓おう」

フィリスは小さな声で「はい」と言う。それが精いっぱいの反応だった。

「だが……もう一度、してもいいか?」

なんのことかはわかる。唇を指で辿られている。

急に心臓がバクバクと高鳴りはじめたせいでますます声が出てこない。フィリスはこくりと頷くことで返事をした。

ルーラントの表情がさらに柔らかくなる。

唇を辿っていた指が顎を掬《すく》う。くちづけを交わすときは目を瞑《つぶ》るものだということは、ガヴァネスから聞き及んでいた。

そのことを思いだしてぎゅっと目を瞑ると、くすっと笑う声が聞こえた。彼がどんな顔をしているのか見たい。目を開けたくなる。

薄く目を開いても、距離が近すぎて彼の表情はわからなかった。唇と唇が甘やかに重なり、凄《すさ》まじいまでの熱をもたらす。

何度も唇を食まれた。角度を変えて繰り返されるその行為に、身が焦げそうになる。

「わたし……溶けそうです。ルーラント様の熱で」

気持ちを伝えずにはいられなくなって、くちづけの合間に言った。

「溶けてしまえばいい。私がすべて受け止める」

腹の底に響くような低い声が耳朶《じだ》を打つ。目を閉じればすぐに唇を覆われた。ところが、先ほどまでのくちづけとは明らかに違う。

生温かな『なにか』が唇を這《は》っている。

「え……っ!?」

驚いて口を開けると、そこからその『なにか』が入り込んできた。

彼の舌なのだと気がつくまでに数秒を要する。

――こ、これって……これも、キスなの？

初めてのことに戸惑いを隠せず、混乱する。ルーラントはというと、フィリスの口腔に舌を挿し入れたままネグリジェの袖を肩から下へとずらしていった。

このままシュミーズの肩紐《かたひも》までずらされては胸が見えてしまうというところになって、突如ノック音がした。

「あのー、すみません。陛下がこちらにいらっしゃると聞いて来たのですが」

扉の向こう側から響いてきたのはセドリックの声だ。

ルーラントは依然としてフィリスの腰を腕に抱いたまま、なにも答えない。

「もうご公務のお時間ですから早く出てきてください。皇妃殿下だってご教育でお忙しいんですから、早く放してあげないと」

苦笑したまま、ルーラントは残念そうに息をつく。

「きみと過ごせる夜を心待ちにしている」

それが今夜のことなのか、あるいは夫婦となってからのことなのかわからなかった。

フィリスがなにか尋ねる前にルーラントは「きみの侍女をこの部屋に遣《や》る」と言い、上着を羽織って部屋を出ていった。

朝食後、セドリックから講義を受ける時間になる。

サロンで彼と向かい合う。

「本当、陛下には困ったものですねぇ。晩餐会に僕を出席させたのって、僕にダニエル様と話をさせて、ご自身は皇妃殿下といちゃいちゃするためですよ。まったく、心が狭いというかなんというか」

フィリスは曖昧に笑うしかない。

「ごめんなさい、弟の相手ばかりさせてしまって」

「いえいえ、とんでもないです。楽しかったですよ。ダニエル様は嘘偽《うそ》りのない素直な方だ、陛下と違って」

セドリックは本当に、歯に衣着《きぬ》せぬ物言いをする。しかしそれはルーラントに限ってのようだ。他者にはもっと距離を置いているようにフィリスには見えた。

「お城へ来て、もうすぐ一ヶ月ですね」

しみじみとしたようすでアナが言った。

「ええ、そうね。なんだかあっという間だった」

フィリスは大鏡の前でドレスを着付けられながらこの一ヶ月を振り返る。毎日が飛ぶように過ぎていった。

「それにしても、無事にご教育を終えられてよかったです」

「そうだけれど、ここからが本番だものね」

今宵はいよいよ、ルーラントの婚約者として披露目の舞踏会である。そしていまは、アナやほかの侍女に支度を手伝ってもらっているところだ。

「今夜の舞踏会はそれほどたくさんのゲストは招いていないそうだけれど、ルーラント様が主催なさるものだもの。失態はおかさないようにしなくちゃ」

「そ、そっ……そうですね」

急に緊張してきたらしく、アナの表情が強張《こわば》る。彼女もまた、アルティア城で初めてとなる舞踏会だ。ダンスホールでも、アナはフィリスの身のまわりの世話をすることになっている。

「けれどアナは、いつもどおりにしてくれればそれで充分だと思う。だからあまり気負わないでね？」

「はっ、はい……」

アナの表情は依然として晴れない。どうしたものかと考えているあいだに支度が整う。

「どうぞご確認くださいませ、フィリス様」

別の侍女に言われ、鏡を見る。

銀地に赤や黄色の花々が刺繍《ししゅう》されたドレスは見事で、中央には胸のほうから順に青いリボンが大きさを変えて四連ほどあしらわれ、袖は純白のフリルレースで飾られていた。

フィリスは感激して、侍女たちに「ありがとうございます」と言いまわる。

そこへルーラントが迎えにきてくれた。

黒を基調とした軍服に、目の覚めるような白い外套を羽織っている。襟や袖に散りばめられているのはアラベスクの緻密な金刺繍だ。その場にいただれもがルーラントに見とれた。

「素敵です、ルーラント様……！」

「きみには劣る。ふだんよりももっと美しい……フィリス」

褒め合うふたりを侍女たちはしばし惚けたようすで眺めていたが、セドリックが平坦《へいたん》な声で「遅刻しますよ」と言ったのを皮切りに一行はダンスホールへ向かう。

アルティア城のダンスホールの中央には巨大なクリスタルシャンデリアが吊《つ》り下《さ》がっていた。陽はとうに落ちてしまったにも拘わらず、それを忘れさせるほどホール内は明るく活気づいている。

ルーラントは「それほどたくさんのゲストは招いていない」と言っていたが、それはきっと客が国内に限る、という意味なのだろう。

フィリスからしてみれば、これまで出席した舞踏会でいちばんの規模だ。多くの貴族でひしめき合っている。これよりもさらに大規模なものがあるのかと思うと、まだなにもしていないというのに戦々恐々としてしまう。

それでもフィリスはルーラントとともに主要ゲストへの挨拶まわりに励んだ。

「あ、あの、フィリス様。私、お飲み物を取ってまいりますね」

「ええ……お願い、アナ」

社交辞令の挨拶を交わしてばかりだったので喉が渇いた。フィリスはアナが人混みを抜けて飲み物を取りにいくのを見送り、壁際で一休みする。挨拶まわりはまだ半分ほどしか済んでいない。まだまだこれからだ。

ふと気がつけば、飲み物を手にしたアナが振り向きざまに貴族令嬢のドレスを汚してしまっていた。アナは令嬢にひどく叱責されている。

――たいへん！

ルーラントのほうを見れば、白髪頭の男性と話し込んでいた。

フィリスはそばにいたセドリックに「少し失礼します」と伝えて歩きだす。

人の合間を縫ってアナのもとへ行こうとするが、うまくすり抜けられずにもたついてしまう。

「このドレスは世界にひとつだけのものですのよ、あなたのような侍女にはわからないでしょうけれど！　ああ、もう……本当にどうしてくださるの！」

令嬢の金切り声が耳に届く。アナはとうとう泣きだしそうになっている。

フィリスは走りたいのを我慢して歩みを進めるが、アナのまわりには人だかりができてしまっていっこうに辿りつかなかった。

「……でしたら私が新しいドレスをお贈りしましょう。いまお召しになっているドレスと同じものを」

低く、それでいてよく通る声が響いた。やっとの思いで人の壁をくぐり抜ければ、アナをかばうように男性が立っていた。

「ですがお贈りしたところできっと袖を通されることはないのでしょうね。レディは同じドレスは着ないものだ」

「そ、それは……」

アナを捲《まく》し立てていた令嬢が口ごもる。

「侍女は何度も謝ったではありませんか。悪気があったわけではない。ドレスは弁償しますから、このあたりにしておいたほうがいい。人だかりができていますよ」

はっとしたようすで令嬢はまわりを見る。フィリスも含め、多くの貴族が彼女たちに注目していた。

「ま、まぁ……弁償なんて、よろしいですわ。ごきげんよう」

慌てたようすで令嬢が去っていくと、自然と人だかりも消えた。フィリスはようやくアナのもとに着く。

「フィ、フィリス様……」

「ごめんね、アナ。すぐに駆けつけられなくて」

「いっ、いいえ、私が悪いのです……！」

令嬢の叱責がよほど怖かったのかアナは依然として涙目だ。

フィリスはアナの肩にそっと手を添えて男性のほうへと向き直る。

「わたしの侍女を……アナを助けてくださりありがとうございました、ウィリアム様」

「おや、私のことをご存知で？」

「もちろんでございます。わたしはフィリス・ブランソンと申します」

レディのお辞儀をすると、男性は「私も存じ上げております」と答えた。

ウィリアム・ファン・ラルス。旧王の実子であり、ルーラントよりも四つ年上の、彼の従兄。そして元王太子だ。旧王が崩御してからは母方の公爵位を継いだという。

ウィリアムのことはあらかじめルーラントに聞いていたので知っている。

今宵この舞踏会に参加する主要なゲストの顔と名前は事前に教わっていた。金髪碧眼のウィリアムは絵姿で見るよりも実物のほうが王子然とした雰囲気が強い。

傍らにいたアナが「本当にありがとうございました」と頭を下げる。彼女の両手はいまだに震えていた。

「アナ……」

フィリスがアナの手を取ろうとしていると、それよりも先にウィリアムが掴む。

「もう大丈夫だから安心して、アナ」

ウィリアムは身を屈めてアナの顔を覗き込む。名前を呼ばれたからか、アナは真っ赤になった。

「フィリス、どうした?」

「ルーラント様」

やってきたルーラントに、フィリスは事情を説明した。

「……そうか。すまない、私が話し込んでしまっていたばかりに」

「いいえ、とんでもございません」

ルーラントは微笑したあとでウィリアムに「世話をかけた」と言った。

ちょうど曲が終わって、次のワルツが流れはじめる。

「踊ろう、フィリス。挨拶まわりはしばし休憩だ」

「はい」

返事をしたものの、アナのことがまだ気がかりだった。そばについていなくても大丈夫だろうか。

慣例的には貴族の令嬢は侍女とそこまで行動をともにしないが、アナは特別だ。じつの妹のように思っている。

ウィリアムは、アナを見つめるフィリスの意図に気がついたらしかった。

「アナのそばには私がいますよ。だから踊っていらっしゃるといい。皆がそれを待ち望んでいる」

そう言われてまわりを見れば、たしかに衆目を集めていた。

「どうしましょう……緊張してまいりました」

顔を強張らせるフィリスを見下ろしてルーラントは穏やかに笑う。

「失敗してはいけないと思うから緊張するのではないか。想像してみるといい。私の足を思いきり踏みつけるところを」

「足を踏みつけられた私はどんな顔をしているかな」

「ええっ？」

「そうですね……。何事もないように笑っていらっしゃる？」

「そのとおりだ。私はリードをやめないし、きみを手放さない。なにがあろうとも」

決意を秘めたような眼差しだった。碧《あお》い瞳に見つめられると、不思議と緊張感が薄れていく。

「なんだかすごく……軽くなったような気がします」

「きみはもともと軽やかだ」

くるりと回転する。力強いリードに心が弾む。

「楽しくなってきたか？」

「はい！　どうしておわかりになったのですか？」

「きみの顔を見ていれば、すぐにわかる」

「そ、そんなに顔に出ていますか？」

気恥ずかしくなって俯く。

「隠さないでほしい。きみの豊かな表情を眺めることも、私の楽しみのひとつなのだから」

腰を強く抱かれ、後ろに倒れる。反対にルーラントは身を屈めたので、唇と唇がぶつか

りそうになるほど接近する。

楽しいのには違いないが、心臓に悪い。そして、ルーラントの向こう側にあるクリスタルシャンデリアがとてつもなく眩《まばゆ》い。

まるで彼自身が輝きを放っているような錯覚に陥る。

大きく仰《あおむ》向けになっていたフィリスだが、ルーラントにゆっくりと引き戻される。にわかに息が上がっていた。いっぽうルーラントの呼吸はまったく乱れていない。

ワルツが終わり、拍手喝采に包まれる。

「夜風に当たろう。頬が真っ赤だ、フィリス」

ルーラントに連れられてダンスホールの階段を上り、バルコニーに出る。

先日歩いたチューリップの庭は、高いところから見渡せば、はっきりとした幾何学模様が描かれていた。

「明かりがこんなにたくさん……きれいです！」

「ああ。私には見慣れているはずの庭だが……きみと一緒だから、新鮮な景色に思える」

ルーラントはそう呟いたあと、視線を据えてくる。

「フィリス」

おもむろに呼びかけられた。体ごと彼のほうを向く。

「きみが私のそばにいるということを、まだ実感できないでいる」

「え……？」

風が吹き抜ける。それがいやに冷たく感じた。

「どうすれば実感していただけますか？」

それには答えず、彼は自分の唇をトン、トンと叩《たた》いた。フィリスはしばらく、その意味が理解できなかった。

「くちづけを。きみから」

「えっ……」

フィリスは唇を震わせる。突然そのようなことをねだられて困惑してしまう。

——わたしからキスするなんて、ちょっと恥ずかしいけれど……。

それで彼が『実感』してくれるのなら。少しでも喜んでくれるのなら。

頷いて、ルーラントに近づく。

そっと彼の腕を摑む。ルーラントはというと、嬉しそうな顔のまま身を屈めてくれた。

フィリスは背伸びをしてくちづけようとする。ところが、なかなか距離感が摑めない上に、いつ目を瞑ればよいのかもわからずにまごつく。

それを面白がるようにルーラントは笑っている。

「ごめんなさい、うまくできないかもしれません」

「いい、失敗しても。先ほどのダンスと同じだ。ましていまはふたりきりだ」

ほどよい緊張感を残したまま、背伸びをしてキスをする。

どれくらいのあいだ唇を重ね合わせているものなのだろう。わからなくて、すぐに離れる。

目を開けると、ルーラントはうっとりしたようすで微笑していた。月明かりが彼を柔らかく照らしている。

碧い瞳から目が離せなくなり、微動だにできない。

後頭部と腰を抱かれ、ふたたびキスに見舞われる。

遠くで流れるワルツに、熱い唇。息をするのを忘れてしまいそうになる。

「ふ……」

フィリスが息を漏らす。後頭部にあてがわれていた彼の手がわずかに弾んだ。

角度を変えながら何度も、貪るように降り注ぐくちづけに翻弄される。

「……本音を言うと、きみの披露目はしたくなかった」

突然のことにフィリスはきょとんとする。

「わたし、まだ舞踏会デビューできる状態ではなかったですか⁉」

「いや、きみは完璧だった。立ち居振る舞いも、ダンスも……」

「では……どうして？」

「皆がきみを賞賛して『似合いだ』と祝いの言葉を述べてくれた。それでも不安になるんだ。だれかに奪われてしまうのではないかと」

「わたし、ルーラント様のおそばを離れません」

「だが先ほどは私が他貴族と話し込んでいるあいだに離れたじゃないか」

「そ、それは……ええと、その……」

――ルーラント様のおっしゃるとおりだわ。でもそういうことじゃなくて、ええと……。

言いよどむフィリスの頰をルーラントは両の手で包む。

「はは、すまない。冗談だ。そういう意味ではないとわかっている。離れないのは『心』だと……言いたいのだろう？」

「そう……そうです。心は、いつもルーラント様のすぐおそばに」

ふたりは互いの瞳を見つめて笑い合った。


舞踏会でアルティア国の社交界デビューを果たしたあとは茶会や晩餐会など多くの招待状が届いた。

すべてに出席するには体があともうひとつなければ不可能だ。厳選する必要がある。どの催しに出るかはルーラントやセドリックに相談して決めることになる。

そして一月後には挙式が控えているので、その準備も同時に進めていかねばならない。

「これからますますお忙しくなられますね、フィリス様！」

アナはフィリスの私室で、上機嫌で主の髪の毛を梳いていた。

「そういえばこのあいだの舞踏会では、あれからずっとウィリアム様がおそばにいてくださったのよね？」

テラスから戻ったとき、ふたりは一緒だったのできっとそうだろうと思って質問した。

椅子に座っていたフィリスは、後ろに立つアナの頬がみるみるうちに赤くなっていくのを鏡越しに見る。

「は、はい……ずっと……。私のような者に、フィリス様がお戻りになるまでずっとです」

「なにをお話ししたの？」

フィリスは興味津々で尋ねた。どうしてこんなに楽しいのか、説明はできないがとにかく心が弾んだ。早くアナの話を聞きたくてたまらない。

「えっと……私の故郷や、ふだんの仕事についてです。それから……」

アナは頬を赤くしたまま続けて言う。

「ウィリアム様はアルティアの郊外で事業を営んでいらっしゃるそうなのです。毛織物工業だとおっしゃっていました。それで、貴族以外の方とお話しする機会も多いのだとか」

ウィリアムは元王太子殿下でありいまは公爵という身分だ。

それでも彼が、貴族や平民といったしがらみに囚《とら》われず分け隔てのない接し方をするのは、そういう所以《ゆえん》があったのかと納得する。

「すごく仲良くなれたみたいね？」

フィリスがにやにやしていることに気がついたらしいアナが「ええっ⁉」と声を上げる。

「いえっ、そ、そのようなことは……！　ええとっ、フィリス様の次のご出席予定は……」

アナは櫛《くし》を置いて、紙を広げる。

「明日、ボルスト侯爵様主催の茶会ですね」

「ええ……」

ボルスト侯爵というのは、ルーラントが苦手としている宰相デレクのことだ。

ルーラントは出席を渋っていたが、セドリックが「嫌な相手の催し事こそ出席しておかなければ」と再三にわたって言うので、結局は押し負けた。

「ウィリアム様はいらっしゃるでしょうか……」

アナがぽつりと呟く。フィリスはにっこりと笑う。

「このあいだの舞踏会よりもさらに大規模なもののようだから、きっと」

アナは、フィリスの予定が書かれた紙を手にしたまま目を伏せ、頬を朱に染めている。

それが、恋する乙女の姿に見えてならなかった。

コン、コンと私室の扉がノックされる。

「セドリックです。陛下から伝言がございましてまいりました」

フィリスがすぐに「どうぞ」と答えると、扉が開きセドリックが顔を出した。

「どうも、皇妃殿下。十日後ですがね、お昼から夕方まで予定を空けておいてほしいそうです」

「わかりました。言付けありがとうございます。十日後になにがあるのでしょう？」

「それは……まだ内緒だそうです」

笑いながらため息をついて、セドリックは「それでは失礼」と言い、去っていった。

「わざわざご伝言にいらっしゃるなんて、すごく大切なご用事かもですね？」

「ええ。なんのご用事なのか、気になるわ」

首を捻《ひね》るフィリスをよそに、アナはなにか考え込むように顎に手を当てる。

「ところでウィリアム様とセドリック様って、面立ちが少し似ていらっしゃいませんか？」

「そう言われてみれば……そうかも」

アナはそのまま逡巡している。フィリスはにやけ顔になる。

「もしかしてアナ、ウィリアム様のことが気になる？」

「ひえぇぇえっ⁉」

「ふふ、図星ね？」

「そそそ、そっ、そんなことないです！　きっ、気になる、なんて……あり得ませんから！　で、ですから……っ、そのような、嬉しそうな目で見ないでください～～！」

アナはくるりと背を向けてしまう。フィリスはその後もずっと満面の笑みだった。


皇妃教育が終わっても、夜はルーラントに呼びだされていた。

彼は「なにもせずただそばにいてくれるだけでいい」と言ってくれたが、それはそれでどうもいたたまれないので、晩酌をしている。

フィリスはソファに腰を落ち着けて、グラスにワインを注ぐ。

「十日後のことを教えていただけますか？　ルーラント様」

「セドリックは内緒だと言っていなかったか？」

「おっしゃっていました。でも気になります。内容がわからないことには服装も決められませんし……」

「ああ、ドレスはできるだけ動きやすく、あまり目立たないものを」

「目立たないもの……ですか？」

ルーラントから誂《あつら》えてもらったドレスはどれも華やかなので、実家でよく着ていたものがきっと適切だろう。

「では、どなたかと会うご用事ではないということ？」

「そうだ。気兼ねすることはなにもないから、楽しみにしておいてほしい」

そう言うなりルーラントは流れるような仕草でワインを呷った。銀地にうっすらと幾何学模様が描かれたナイトガウンは知的さを象徴するようだった。彼によく似合っている。

フィリスはつい魅入ってしまう。

「……うん？」

ルーラントは脚を組み、赤いワインが入ったグラスを持った手を肘掛けに預けて首を傾げ、優しくほほえんでいる。

「いえ……ルーラント様って……なんというか、色っぽいですよね」

「色っぽい？　それは女性に対する言葉では？」

「そ、そうですね。ごめんなさい」

「責めているわけではない」

彼はグラスをテーブルの上に置くと、フィリスの肩を抱いた。

とたんに胸がどきりとして、そのまま連続して高鳴る。

「や、やっぱりわたし……すごくドキドキしてしまいます。慣れそうには……ありません」

以前、彼が「そのうち慣れる」と言っていたことを思いだして言葉を紡いだ。彼との接触には、慣れるどころか回を増すごとによりいっそう心臓がバクバクと暴れているような気がする。

「ではもっと互いの距離を縮めたほうがいいかもしれない」

「え……っ？」

声を上げるのと同時にフィリスはソファの座面へと転がされた。ルーラントが覆《おお》い被《かぶ》さってくるので、彼の言葉のとおり体の距離は縮まった。ところがやはり、心臓はよけいに早鐘を打つ。そのことを口に出さずにはいられない。

「先ほどよりも、もっと……胸が高鳴っています……！」

「……そうか」

ルーラントは口の端を上げて、フィリスの顔の両横に腕を置いて上体を低くした。麗しい面《おもて》が近づいてくる。わずかな焦燥感が湧き起こり、同時に気が高揚する。

仰向けに寝転がった状態で受けるキスは、よりいっそう彼の唇の柔らかさがわかるようだった。

「ふ……」

自然と息が漏れ、胸が大きく上下に動く。くちづけを受けているだけでなく、脇腹や腕を撫で摩られているのもあって呼吸が弾んでくる。

彼の手はしだいに膨らみのほうへと伸びていった。

ルーラントはフィリスの顔を注視しながら、ナイトドレス越しにそっと膨らみを摑む。

コルセットはつけていないので、そこはとてつもなく無防備だ。

「あ……ルーラント、様……？　どうして、そこ……ん、んっ……」

「これも、くすぐったい？」

ことあるごとに「くすぐったい」と口にしてきたから、そういうふうに聞かれたのかもしれない。

「くすぐったいのとは……ちょっと、違います」

「ではどう感じる？」

碧い瞳にじいっと見つめられる。

「ルーラント様の手が……あ、熱くて……」

彼は続きを促すように小さく頷く。

「……っ、その……」

恥ずかしいのに、言わずにはいられない。いや、彼の瞳が「言うんだ」と訴えかけてくる。

「き……きもちいい、です」

フィリスが虫の鳴くような声を発すると、ルーラントの手が小さく弾んだ。

「では……もっと触れても？」

言葉に出して返事をするのはためらわれたので、首を縦に振るだけになる。

そんなフィリスを見てルーラントはたっぷりと息をつきながら口角を上げた。ほほえんだまま、ふたたびフィリスの唇を塞ぐ。

呼吸までも奪うようなキスに見舞われる。息の仕方がわからなくなってしまいそうだった。

ルーラントの唇はどんどん下へとずれていく。

「え……あっ……？　ルーラント様……？」

彼の両手はフィリスのウェーブがかった髪を撫でるように這う。いっぽうで唇は膨らみの稜線《りょうせん》を上る。ナイトドレス越しに尖《とが》りの部分へくちづけられた。

「ひゃっ……」

彼が先ほど言っていた『もっと触れる』というのはこういうことだったのだとわかり、手足の先まで熱がこもる。

――てっきり、両手で体を撫でられるだけとばかり……！

まさか唇で、衣服を隔てているとはいえ、胸のいただきにくちづけられるとは思ってもみなかった。

そしてあろうことか、ルーラントは赤い舌を覗《のぞ》かせている。

肉厚な舌で、胸の尖りを舐《な》め上げられる。

「やぁ、あっ……！」

ナイトドレスが薄紅色で、まだよかった。そうでなければきっと、胸飾りの色が生地に透けてしまっていた。

「いますぐこの薄布を剝《は》ぎ取《と》ってすみずみまで確かめたいところだが……そうなれば途中でやめる自信がない。だから、脱がさない。まだ……」

胸の突起を舌でさらに刺激されたフィリスは眉根を寄せて「あぁっ」と喘《あえ》ぐ。

「かわいい……フィリス。その顔……たまらない」

薄く目を開けたままくちづけられ、彼の唾液で湿った薄布ごと胸飾りをつままれる。

「ふぅ、う、あぁ……っ！」

フィリスの嬌声《きょうせい》とともに、甘く艶めかしい夜が更けていく。


ボルスト侯爵邸はアルティア城から馬車で数分のところにあった。広大な庭には数え切れないほどたくさんのテーブルと椅子が置かれていた。

フィリスは、ルーラントにセドリック、それからアナと連れ立って茶会に参加した。

先日、城で催された舞踏会よりもさらに多くの貴族で賑《にぎ》わっている。あまりの人数に、フィリスは目をまわしそうになりながらも、ルーラントのそばでにこやかに挨拶を済ませていった。

国内だけでなく国外からも客を招いているそうなので、異国風の人も目立つ。

外国の要人に話しかけられたルーラントは、先ほどからずっと真剣な顔でなにやら議論をしている。

「長くなりそうなので椅子に座ってお待ちください」

セドリックに小声で言われ、そのとおりにする。

ふと、ウィリアムの姿を見つけた。アナのほうが先に彼に気がついていたようだった。

ウィリアムが近づいてくる。

「ごきげんうるわしゅう、フィリス嬢」

ウィリアムは顔の向きを変えて「アナも、元気そうでなにより」と言う。アナは真っ赤な顔で低頭した。

フィリスの斜め横――そばにアナが立っている席――にウィリアムが腰を下ろす。

「ウィリアム様、先日の舞踏会ではアナが大変お世話になり、ありがとうございました」

「いいえ、とんでもございません」

ウィリアムはにこやかに笑う。

庭の奥まった場所だったので、ボルスト侯爵家のメイドは近くにいなかった。そのためアナが、ティーワゴンに置かれていたポットで紅茶を淹れる。

彼女の手はわずかに震えていた。

——ウィリアム様の前だから、緊張しているのかも。

はらはらしながら見守る。それはウィリアムも同じのようだった。アナに優しい眼差しを向けている。

——そうだ、アナのいいところをウィリアム様にお話しするチャンスだわ！

アナが紅茶を淹れるのを無言で待っているのでは、よけいに緊張してしまうだろう。さりげなく自然に、アナがどれだけ素敵な女性なのかをウィリアムにアピールしよう。

——よけいなお世話かもしれないけれど……。

どうしても伝えたかった。アナとウィリアムが話をする機会はさほど多くない。だからこそいま語りたい。

「アナとわたしは乳姉妹なのです。幼い頃からずっと……ずっと一緒でした」

フィリスが話しはじめると、アナは「突然どうしたのだろう」と言わんばかりに首を傾げた。フィリスはにっこりとほほえんで話を続ける。

「子どもの頃のことです。ブランソン邸はとてつもなく広大だと感じていました。勝手に出歩いては迷ってしまうとわかっていながら、大人の目を盗んで探検気分で部屋を飛びだしました」

「おやおや」

　ウィリアムは苦笑している。

「そして案の定、迷ってしまいました。ブランソン邸はメイドたちが立ち入らない場所も多く……わたしはひとりぼっちで、泣いていました。そこへ、助けにきてくれたのがアナなのです」

「そうなのですか。けれど……」と、ウィリアムは思案顔になる。

「はい。アナもまだ子どもです。邸の間取りは把握していませんでした。それでも……自分が迷ってしまうことも顧みず、わたしを捜しにきてくれたのです。瞳に涙をいっぱい溜めて、息を切らして」

「ずいぶんとかわいらしいヒーローだ」

　ウィリアムはぼそりと呟くと、ティーカップを手に持っていたアナを見つめた。とたんにアナは頰を染めて「あのときは夢中で……」と、気恥ずかしそうに言った。

「アナとふたりになったあとも、ずいぶんと迷いました。結局は乳母が見つけだしてくれて……ふたりともたっぷりと叱られました。アナは完全に巻き添えです。でもわたしは……アナが来てくれて本当に心強かった」

　アナのほうを見れば、感極まったように瞳が潤んでいた。フィリスもまたあのときの感動を思いだし、目頭が熱くなる。

フィリスはごまかすように「ふふ」と笑いながら席を立った。

「わたしは少し失礼いたしますね」

そのあとで、一緒についてこようとするアナに耳打ちをする。

「わたしのことは気にしなくていいから、ウィリアム様とお話しして？」

「で、ですが……！」

「わたしは少し離れたところにいるから、ね？」

「は……はい。ありがとうございます、フィリス様」

侍女のアナは立ったままになってしまうのが心苦しいが、きっと彼と話したいだろう。

フィリスは隣のテーブルへと移動する。

「お隣、よろしいですかな」

デレクだ。彼には、ここへ到着したとき挨拶したきりだった。

「ええ、もちろんでございます」

フィリスが答えると、デレクは銀縁のモノクルの端を片手で軽く押さえながら着席した。

「フィリス嬢はずいぶんとご教育に励まれたようですな。なによりです」

「ありがとうございます」

「ところで、旧王陛下についてはきちんと把握しておられますかな」

「きちんと……と言いますと？」

「牢で自害なさったことはご存知でしょう」

「はい、存じ上げております」

「牢といえば、刃物……己や他者を傷つけることのできるものは置かれていない。ではなぜ旧王陛下は自ら命を絶つことができたのか、知っていらっしゃいますか」

――そう言われてみればたしかに……。

フィリスは素直に「いいえ」と答える。

「では教えて差し上げましょう。何者かが旧王陛下の牢へ短剣を届けたのです」

「え……」

「それが、ルーラント陛下だと……噂《うわさ》されております」

すぐには言葉を返せず、目を見開くだけになってしまう。するとデレクは訝《いぶ》かしげに目を細めた。

「陛下も自らあなたにご教育なさったとのことでしたが……ご自分に都合の悪いことはお教えにならなかったのですね」

デレクは嘲笑している。

「……っ」

反論したかったが、口からはなにも出てこなかった。真偽はわからないが、まったく知らされていなかったのは事実だ。

フィリスは自身を落ち着かせるようにゆっくりと、長く息を吐く。

「きっと、陛下には陛下の思うところがありわたしにはその『噂』を伏せておられたのだと思います」

――そうよ。きっとそう。

「……そうでしょうな」

デレクの瞳をじいっと見つめる。ここで視線を逸らしては、負けてしまう気がした。

デレクは席を立ち、去っていく。するとすぐにルーラントがやってきた。

「フィリス！　すまない、ひとりにして」

「いいえ、わたしは大丈夫ですから」

「デレクがいただろう。なにか嫌なことを言われなかったか？」

先ほどの話をするべきだろうか。

――でも、ルーラント様にはなにかお考えがあってのことかもしれないし……。

それにあくまで『噂』だ。いまここで是が非でも真偽を確かめるべきことではない。

――まして、ルーラント様にとってよい話ではないのだから。

旧王に短剣を届けた……それが事実ならば、間接的にだが彼が旧王を殺害したということにもなりかねない。

旧王は心を病んでいたとセドリックは言っていた。その事実を知った上で、人を傷つけることのできる短剣を牢にいる旧王に届けたとなれば、故意だと疑われてしまう。

『ルーラントが旧王を殺した』

デレクが言いたかったことは間違いなくそれだ。

フィリスは短く息を吸い込む。

「取り立てて嫌なことはなにも言われませんでしたよ」

正直なところかなり気にはなるが、なんでもかんでも無遠慮に疑問を口にしていては、かえって彼を困らせることもあるだろう。

――それに……もしもその噂が本当だとしても、きっとなにか理由があるはずよ。

ルーラントが自らそのことを打ち明けてくれるまで待つべきだ。わざわざ話題にして、無理に話をさせるべきではない。少なくともいまはそうだ、とフィリスは考えた。


ルーラントと約束していた『十日後』がやってきた。

「帝都を散歩しよう。お忍びというやつだ」

お昼過ぎになってフィリスの私室へ足を運んできたルーラントはどこかうきうきとしたようすだった。

彼は装飾のない黒い服を着ているが、それでもやはり目立つ。彼の美貌は『地味な服』

で消えるものではなかった。

「ルーラント様ご自身が発していらっしゃる輝きが凄まじいので、お忍びになっていないと思います」

フィリスが惚けながら言うと、彼は輝かんばかりの笑みで答える。

「私の顔は市井にはそれほど知られていないさ。行こう」

手を取られ、歩きだす。まだ城から出てもいないというのに、彼と手を繋いでいるだけで心が弾む。

「あら？　そういえば護衛の方は？　ルーラント様の……」

城ではセドリックの他にも何人か屈強な男性が彼のまわりにいる。

「ああ……少し距離を取ってついてきている。だから完全にふたりきりというわけではないんだ、残念ながら。きみと、それから自身を守るくらいはできると言ったんだが、セドリックに押しきられた」

「そうなのですか。でも、こうしてルーラント様と一緒にお出かけできるだけでわたし、すごく楽しいです！」

「そうか？　……ありがとう」

優しい眼差しを向けられると、それだけで胸がどきりとしてしまう。

——わ、わたしったら……どうして……。

彼の寝室で過ごす甘やかな夜がまざまざと蘇ってくるのは、なぜだろう。フィリスは邪念を振り払うべくぶんぶんと首を横に振った。

アルティアの帝都は、建物の合間を縫うように運河が張り巡らされた風光明媚《ふうこうめいび》な街だ。石造りの建物には長い歴史を感じさせられる。

フィリスとルーラントは広場で催されている週市に出かけた。そこでは毛織物が出品されていた。さまざまな柄の絨毯《じゅうたん》がずらりと並んでいる。

「この独特の模様は、ウィリアムのところで作られたものだな」

「まあ、そうなのですね」

このところのアナは、休日になるとウィリアムに誘われて郊外へ出かけている。

「休日とはいえフィリス様のおそばを離れるわけには」と渋るアナを、フィリスは「お願いだから羽を伸ばしてきて」と言い、押しだしている。

週市には陶磁器も出品されていた。白地に青い釉薬《ゆうやく》で彩色と絵付けがされた陶器は、見ているだけでも楽しい。

そしてルーラントは、そういった店のほとんどの人から「へへ、陛下⁉」と驚嘆の声をかけられた。いっぽう彼はというと、白々しくほほえんで「人違いだ」と答えていた。

「やっぱりお忍びになっていませんね」

「……そのようだな」

ルーラントは苦笑している。

「きっと絵姿が出まわっているのですよ。麗しい皇帝陛下ですもの！」

フィリスは両手を胸の前に組み合わせて目を輝かせる。

「ということは、そのうちきみの絵姿も出まわるというわけか」

「そうでしょうか？」

「いや、むしろ私と隙間なく抱き合っている絵姿を市井に流そう。そうすればきみは私のものだとよくわかるから」

彼と『隙間なく抱き合っている絵姿』というのを想像して、とたんに気恥ずかしくなる。

「も、もう……！　ルーラント様ったらご冗談を」

「半分本気だ」

彼はいつもそう。『半分』はその気があるらしいから困る。

「さて……少し歩くが、いいか？」

「はい！　まだまだ平気です」

生まれ育ったブランソン侯爵領は自然豊かだったので、よく散歩していた。体力はあるほうだと自負している。

ふたりは運河沿いを歩く。緩やかな上り坂だ。

城を出たときよりも互いの影が長くなっている。太陽はもう目の高さよりも低い位置にある。

やがて、拓《ひら》けた丘の上に出た。茜色《あかねいろ》に染まった幾筋もの運河が目を楽しませてくれる。徒労の疲れなど吹き飛んでしまった。

「あら？　あれは……」

「そう、教会だ。半月後、私たちはあの場所で挙式する」

沈んでいく夕陽《ゆうひ》を眺めながらルーラントが言った。

挙式に向けた準備は順調に進んでいる。ウェディングドレスもすでに仕上がっている。

ルーラントが、体ごとこちらを向く。フィリスもまた体を動かして彼と向かい合った。

腰を抱かれ、密着する。

「きみが私の妻になるのが待ち遠しい」

両頬を大きな手のひらで覆われ、射貫かんばかりの熱い視線を向けられる。

求められているのだと、伝わってくる。それが、こんなにも心地のよいものだとは知らなかった。

フィリスは縋《すが》るようにルーラントの背に腕をまわす。そうして手を添えることで示したかった。「わたしもあなたを求めています」と。ドキドキしすぎて、言葉はうまく出てこない。

それでも彼にはきちんと伝わったようだった。ルーラントは穏やかな顔で目を細くする。

どちらからともなく唇が重なり、何度も食み合う。

うっすらと目を開ければ、陽はすっかり落ちてあたりは薄暗くなっていた。

いったいどれだけ唇を合わせていたのだろう。

彼が舌を挿し入れてこようとするので、フィリスは大いに慌てる。

「そ……そういえばいまは、ふたりきりではないのでした」

きょろきょろとあたりを窺う。ここからはまったく姿が見えないが、どこかにルーラントの護衛がいるはずだ。彼らを待たせていると思うと心苦しい。

「では……続きはまた今夜」

名残惜しむように、ルーラントはフィリスの頰を撫で、唇を辿ったあとでそっと手を遠ざけた。


いよいよ挙式の日を迎える。

雨上がりの石畳を、四頭立ての無蓋馬車が駆けていく。天井のない馬車に揺られれば、涼やかな風が次々と頰を撫でる。

純白のウェディングドレスに身を包んだフィリスはルーラントとともに馬車で教会へ向かっていた。フリルレースが幾重にも縫い付けられたドレスの裾は、座っていても風になびいて翻る。

白地に双獣文の銀刺繍が入った軍服を着たルーランドは、フィリスの頭からつま先までを何度も見まわしては、恍惚とした表情で息をついた。

「本当にきれいだ……フィリス。私の花嫁」

そうして褒められるのはもう何度目だろう。フィリスの頬はずっと紅潮しっぱなしだ。

馬車はふたつの塔を有した教会に着く。馬車を降りると、フィリスは楚々《そそ》として歩き、集まった参列者の間を通って司祭の前に立った。

「ルーラント・ファン・ベイル・アルティアはフィリス・ブランソンを生涯で唯一の伴侶とし、愛することを誓いますか」

「誓おう。身命を賭して」

参列者がにわかにざわつく。皇帝が身命を賭してまで愛を誓うということは、もしもフィリスが死亡した場合もほかに妃は娶らないということだ。

次はフィリスの番である。司祭はルーラントに尋ねたのと同じ文言を口にする。対してフィリスもまたルーラントに倣って「身命を賭して誓います」と述べた。

――わたしにとっても、ルーラント様は唯一の夫だもの。

ちらりと彼を見やれば、驚いたような顔をしていた。

――わたしまで「身命に賭して」と言うとは思っていらっしゃらなかったみたい。

フィリスは小さな声で「ルーラント様に倣っただけではありません。心からそう思っています」と付け足す。

嬉しそうに笑みを浮かべる彼を見て参列者たちが息を呑《の》んだことに、ルーラントは気がついていないだろう。人の心を摑んで放さない、極上の笑みだ。

教会での挙式のあとはアルティア城の大広間で盛大な晩餐会が開かれる。

祝いの酒はすべてルーラントが受けてくれた。彼はどれだけ飲んでも顔色ひとつ変わらない。

長い長い晩餐会を終えて私室に戻ると、湯浴《ゆあ》みをした肌にアナがたっぷりと香油を塗ってくれた。

「それでは……が、頑張ってくださいね、フィリス様！」

アナが恥ずかしそうにするので、つられて顔が赤くなってしまう。

言葉を返すことはできず、こくこくと二度頷いて主寝室へ行った。ここはルーラントの寝室とは異なる。互いの私室から続き間になっている場所で、今夜からここが夫婦の寝室だ。

ドッ、ドッ、ドッ……と連続して胸が鳴る。

フィリスはルーラントに促されるままベッド端に腰掛けたものの、太ももの上に両手を置いたまま硬直していた。

緊張しきっているフィリスの肩に、ルーラントがそっと手を添える。

「今日は疲れただろう？　もう休むといい」

過度に身構えていたフィリスはきょとんとする。

「いえ、あの、でも……わたしには務めが」

「無理にするものではないから。挙式を終えて夫婦になったとはいえ……きみの心の準備が整うまで、きちんと待つ」

「わたしの……心の……」

フィリスは目を瞑り、自分を顧みる。ルーラントに対して抱いている想いを、心の中で確認する。

「わたし……このまま、眠りたくないと……思っています」

発した声は震えていた。「すう、はあ、すう……」と、何度も深呼吸をする。

家族とは違う愛の形をいままで知らなかったフィリスには自信がなかった。それでも、彼だけに抱いているこの感情を愛と呼ばずしてなんになるのだ、と自身が問う。

「ルーラント様に触れてもらいたくて……そしてあなたのすべてを知りたくて、たまりません。これがきっと……愛しているということ」

瞳は潤み、声は切れ切れになった。切ないまでの感情が込み上げてくる。

彼を、欲しいと思う。そして、欲されることに喜びを感じる。

ルーラントは、どういうわけか眉根を寄せて笑っている。

「きみなりの『愛する』ことへの答え……だな。ありがとう、フィリス」

そう言うなりルーラントは小さな声で「嬉しい」と付け加えた。それが、ふだんの彼よりも格段にたどたどしい言い方だったものだから、少し驚いてしまう。

「すまない、すごく……本当に、嬉しくて」

額がこつんとぶつかる。ルーラントは眉根を寄せている。感極まっているように見える。

「ルーラント様……愛して、います」

初めて口にする言葉だ。まだ慣れない。

頬を両手で覆われる。手のひらだけでなく視線までもが灼熱《しゃくねつ》だった。瞬く間に体が火照る。

唇同士が触れ合う。教会で、誓いのためにしたものと同じだとは思えなかった。

何度も執拗《しつよう》に啄《ついば》まれ、それだけで息が上がる。

心なしかルーラントも、いつもより余裕がないようだった。肩や背を両手が這いまわり、純白のナイトドレスを乱していく。

「あ……」

唇が離れた隙に声が漏れる。胸元のリボンの端を引っ張られたせいだ。そこを解かれると一気にドレスが緩む。コルセットはつけておらず、前開きのシュミーズのみだった。

毎夜、深くくちづけられたり胸のあたりを撫でまわされたりはしたが、これまで素肌のすべてを晒したことはない。

「い……いよいよ、なのですね」

緊張しきって、フィリスは片言になる。ルーラントはにこりと笑った。

「そう緊張しなくていい」

ナイトドレスの袖が肩から落ちる。

「力を抜いて……フィリス。きみはありのままでいい」

「は、はい……」

シュミーズの前ボタンを、ひとつひとつ外される。それをフィリスはじいっと見つめていた。

「あの、わたし……自分で」

脱がされるのは恥ずかしい。きっと自分で裸になってしまったほうがいいと思った。

「これも楽しみのひとつなのだが？」

からかうような調子で彼が答える。フィリスはさらに頬を赤らめる。

「楽しいの、ですか？」

「ああ、とても。恥じらうきみの顔を見るのも、だ」

フィリスはとっさに俯く。

「隠されると辛い。一瞬でも見逃したくない」

「うぅ……」

下から覗き込まれてしまった。

「困った顔も愛らしいな、私の妻は」

「わ、わたしの夫は……じつはいじわるな方だった？」

「いじわるか。うん……そうかもしれない」

これまでに見たことのない屈託のない笑顔に、胸をきゅっと締めつけられる。

「好きです……」

思ったままのことを声に出す。

「いじわるな夫なのに？」

多少そうだとしても、やはり好きだ。フィリスは縦に大きく首を振る。

「どんなルーラント様も、好き」

ルーラントはどこか切なそうに、なにかに耐えるように眉根を寄せて「んん」と唸り、フィリスをベッドへ押し倒す。彼の手に支えられながら仰向けになった。

途中まで開かれていたシュミーズの前ボタンをすべて外され、紐を肩から腕へとずらされる。

ルーラントは両手でフィリスの素肌ごとシュミーズの肩紐を押し掴み、じっくりと下降させていった。

「……っ」

ふたつの膨らみが、ゆっくりと彼の目に晒される。

胸を隠したくなったが、ルーラントの両手がシュミーズの肩紐と一緒くたに手首を押さえているので身動きが取れなかった。

フィリスを組み敷いたまま、ルーラントは恍惚とした表情を浮かべている。

彼の視線が膨らみに集中しているのを感じて、全身がかあっと熱くなった。

ルーラントはシュミーズの肩紐を手の先から抜けさせるなりフィリスの手と自分の手を重ね合わせ、指を絡ませる。

「きれいだ」

彼の声がぽつりと響く。その言葉が頭の中で何度も繰り返された。

「ずっと……すべてを見たかった」

唇が押し重なり、首筋のほうへとずれていく。ツツツ……と舌で素肌を辿られた。灼熱の舌は胸のほうへと移ろう。

黒い髪が肌をくすぐる。膨らみの色づいた部分を舌で象《かたど》られる。

「あぁ、あっ……！」

胸のいただきを直接、舐められている。そのことが衝撃的なのに、気持ちがよくて仕方がなかった。フィリスは「あぅ、あっ」と喘ぎながら身悶《みもだ》えする。

そして気がつけば、腰でもたついていたはずのナイトドレスとドロワーズがどこかへ消えていた。一糸まとわぬ姿になっている。

「あ、あれ……？　いつのまに」

それには答えず、ルーラントは笑うばかりだ。彼自身もナイトガウンを脱ぎ、下衣のみになる。

初めて目にするルーラントの裸体は、完璧なまでの造作を誇っていた。剣を扱う体は逞しく、それでいてしなやかだった。

フィリスは自分が裸だということも忘れて、ついうっとりと眺めてしまう。

「そんなに熱心に見つめられると気恥ずかしくなる」

本気なのか冗談なのか、どちらともつかない調子でそう言ってルーラントはフィリスの双乳を手中に収める。

ぐにゃぐにゃと揉《も》みしだかれ、薄桃色の先端を指でつんっとつつかれる。

「あ、ぁっ……それ、だめ……です。ん、あぁ……っ」

「指でされるよりも舌のほうがいい？」

「え……？　ん、んぅ……」

はっきりとした答えを示すことができない。馬鹿正直な性格も、このときばかりは影を潜める。羞恥心のほうが圧倒的に勝《まさ》っていた。

「……どっちも？」

頬はますます熱くなる。イエスとも、ノーとも言えない。どちらにしたって恥ずかしい。

フィリスは眉根を寄せて「うぅ」と呻《うめ》くばかりだ。いっぽうルーラントは楽しげだ。左の胸飾りを舌で、もう片方は指で嬲《なぶ》られる。

「やっ、あぁっ……あ、んんっ」

彼の右手が脇腹を伝い、下腹部へ向かった。恥丘の上でくるくると回る。そのあとで指は割れ目を探る。

「……よかった、蜜が零《こぼ》れている」

「蜜……？」

「そう。気持ちがよくなるとそれがきみの中から溢《あふ》れる」

「そ、そうなのですか……」

「気持ちがよくなると」という彼の言葉が頭の中で何度も繰り返される。

言葉にせずともそれをルーラントに悟られてしまったことに、どうしようもないまでの羞恥心が込み上げてくる。

フィリスは視線をさまよわせながら言う。

「あの、ごめんなさい……わたし本当になにも知らなくて」

「いい。私が教えるから……すべて」

割れ目の中にある小さな豆粒を緩慢に擦られる。そこを洗うときにはこのような感覚には陥らないのに、いったいどうしてしまったのだろう。

「ひぁ、あっ……！　そ、そこ……なんだか……」

「なんだか？」

次の言葉を促されるものの、続きは紡げない。

いままでに経験したことのないなにかが、下腹部からせり上がってくる。

「だ、だめ……わ、わたし……あ、あぁあっ！」

下腹部を中心になにかが弾けた。湯の中に揺蕩《たゆた》うような心地よさを伴って、ビクッ、ビクッと体が痙攣《けいれん》し、弛緩《しかん》する。

「達しているきみもかわいい。もっと……見たくなる」

ルーラントは親指で淫核を押し、中指は蜜壺の中へと潜り込ませる。

「ひゃっ……!?　ル、ルーラント様……」

怯《おび》えた顔になったフィリスを宥《なだ》めるように、彼はもう片方の手で胸飾りをつまみ、さらなる快感を与えようとする。

「大丈夫だ、フィリス。きみの内側を解《ほぐ》すだけだから」

「解す、のですか……？」

「ああ。……尤も、きみの中はすでによく潤っているが」

彼の言いたいことがわかって、手足の先がじいんと熱を持つ。

「ほら……聞こえるか？　水音がする」

ルーラントの指が前後するたび、ぐちゅ、ぐちゅ……と水音がする。

「やっ……やぁ……」

体の内側に彼の指が沈み込んでいるこの状況が信じられないのに、そうして指を動かされると気持ちがよくて腰が揺れる。

そんな自分はひどく淫らな気がして、泣きたくなる。

瞳にうっすらと涙の膜を張ったフィリスをルーラントは見つめ、その頬にくちづける。

「恥ずかしい？」

「はい……すごく……。ん、ふぅ……っ！」

快楽はどんどん高まり、先ほどと同じ恍惚感《こうこつかん》に見舞われる。フィリスは体をしならせながらふたたび絶頂に達した。

頬を紅潮させて荒く息をするフィリスを見つめながらルーラントは下衣を脱いで裸になる。

フィリスは彼の下半身を見て目を丸くした。

「お、大きい……」

するとルーラントが微《かす》かに頬を染める。

「やだ、わたし……！　ご、ごめんなさいっ」

両手で顔を覆って何度も謝る。指のあいだから見える彼はどういうわけか不満そうな顔をしていた。

「ほかのだれかと比べてそんなことを言ったのではないだろうな?」

「ちっ、違います！　あの、ただ……単純に、大きいなぁって」

言ってしまったあとでまた赤面する。互いにそうだった。

麗しい彼の下半身にそれがあるのが異様に思えて、ついそんなことを口走ってしまったのだと、伝わっただろうか。

ルーラントは「コホン」と咳払《せきばら》いする。

「これを、きみの中に沈める」

「……えっ?」

「さっき指で解した箇所に、挿《い》れるんだ」

ルーラントは先ほどの「すべて教える」という言葉を律儀に守ってくれている。しかしフィリスは理解が追いつかない。

「は、入らないと……思います」

どう考えても、身の内に収まる大きさではない。到底無理だ。

「試してみなくてはわからないだろう？」

ルーラントは眉間に皺《しわ》を作って苦笑している。

「でも……ぁ、あっ……」

長大な肉竿で淫核を擦られる。指でされるのとはまったく異なる快感だった。

太く硬い、猛《たけ》ったそれで花芽を嬲られると、体の端々からとてつもないまでの熱が込み上げてきて、身も心も快い波にのまれる。

くわえてふたつの胸飾りを指で捏《こ》ねられるものだから、足の付け根はどんどんぬめり気を帯びていく。

「は、ん……ん、ふっ……」

花核のすぐ下にある小さな穴めがけて、ルーラントが力強く腰を押しつけてくる。

「ほら……挿入《はい》った」

低く掠れた声だった。フィリスは震え声で返す。

「あ……ほ、本当に……入って……」

「このまま……押し進める」

宣言して、ルーラントが腰を前へと突き動かす。

「ひっ……あ、あぁっ……！」

凄まじい圧迫感だが、聞いていた痛みはまだない。

いつその痛みに見舞われるのかと、恐怖心で体が震えはじめる。

「フィリス……大丈夫だ。こちらを見て」

頬に手を添えられた。

「ゆっくりと息をして……」

彼と呼吸を合わせるようにして、大きく息を吸い、長く吐きだす。それを何度も繰り返した。

大きく息を吸った瞬間、身を引き裂かれるような痛みに襲われる。

「…………っ‼」

言葉が出なかった。その代わりに涙が零れる。

視界がぼやけて、ルーラントの表情がわからなくなる。あまりの痛みに、なにもかもが曖昧になっていった。

「フィリス」

ところが自分を呼ぶその声だけは、はっきりと耳に届いた。

頬を覆う彼の右手は温かい。

「ルーラント様……」

呼び返して、彼の手の甲に触れる。ルーラントは憂いを帯びたような笑みを浮かべる。

「いま……つながって……いるのですね」

必死に言葉を紡ぐ。

涙のきっかけは痛みだった。

――けれどいまは違う。

彼と繋がりを持てたことが嬉しくて、たまらない気持ちになってよけいに涙を誘われる。

ルーラントはフィリスの中に沈めた己をしばらく動かさずにじっとしていた。

フィリスの涙を指や舌で愛おしげに拭い、キスの雨を降らせる。「愛している」と、言葉がなくとも猛烈に訴えかけられている。

彼に応えたくて、でもどうすればよいのかわからなくて、くちづけてくる彼の頬をひたすら撫でる。

それがくすぐったかったのか、ルーラントは困ったようにほほえんだ。

「少しずつ……動く」

ぽつりと宣言して、ルーラントは雄杭を前後させる。

「ん、ん……ぁ……っ」

そうして体内を揺さぶられると、痛みに取って代わり快感が存在感を増す。

にわかに勃ち上がっていたフィリスの胸飾りをルーラントは両手の指でつまみ上げた。

「ひぁ、あ……！」

ぞくぞくぞくっと体が戦慄《わなな》く。抽送は緩慢だったが、しだいにぬちゅ、ぐちゅっという水音が際立つようになる。

緩やかだったはずの抽送はいつのまにか激しさを伴い、視界が大きくがくがくと揺れるほどになっていた。

「フィリス……フィリス……！」

名を囁かれるたびに悦《よろこ》びが込み上げてきて小さく弾ける。それがさらなる快感を呼ぶ。

「ルーラント様……！　愛して……います……」

「……っ」

彼の額には汗が滲んでいた。もうこれ以上は先へ行けないというのに、それでもまだルーラントはより深くへ押し入ろうとする。

ベッドヘッドのほうへとずれそうになるフィリスの体を逞しい腕で支えてルーラントはなおも執拗に陽根で穿《うが》つ。

「あ、あぁっ……わたし……」

弾む乳房を摑んでその先端を捏ねる指が、額に玉のような汗を光らせながら体の奥深くを突いてくる彼が、好き。

どうしようもなく好きで、何度も彼の名前を呼ぶ。

互いにどれだけ呼び合っただろう。

「……っく、う」

隘路《あいろ》の最奥に埋まっていた淫茎がドクン、ドクン、ドクンと脈動するのがわかった。フィリスの眦《まなじり》から一筋の涙が零れ、耳のほうへと流れる。

「愛している。私のフィリス……」

身も心もきゅっと締めつけられる。

交わしたくちづけは、これまでのどんなキスよりも熱い。

ふたりともまだ息が荒いせいか、淫靡な雰囲気が強くなる。吐息が混ざり合う。

「……重いか？」

ルーラントはフィリスの上にいた。フィリスがなにか答える前に横へと移動する。それでも腰は抱いたままだった。頬や首筋を撫でられる。

フィリスはしだいにまどろみはじめる。

彼の手は首筋から鎖骨のほうへと、素肌を辿りながら下降していく。

「……もう眠る？」

横たわって向かい合ったまま、やわやわとふたたび胸を弄《いじ》られる。まるで「まだ眠らないで」と言われているようだった。

胸飾りをつんつんと指でノックされる。手遊びをするようにふたつとも捏ねられもした。

「ん……いえ、まだ……」

眠るつもりはなかった。ただ、早朝から挙式の準備をしたせいか、意志とは無関係に急激な眠気に襲われる。

顔を動かして柱時計を見れば、おぼろげながらも日付が変わりそうだということがわかった。

ふだんはこのような時間まで起きていない。とうに眠っている。

——でも、ルーラント様と夫婦になれた最初の夜なのだから。

起きていたい。もっと彼と話したい。

「フィリス」

耳元で響く彼の声が、かえって眠気を強くする。

「愛している……」

甘い囁き声は子守歌のようだった。彼の声も、胸を弄る手も心地がよくて、意識を保っていられなくなる。瞼はどんどん重くなる。

とうとう抗《あらが》えなくなって、フィリスは眠りに落ちた。

第三章　皇帝陛下との蜜月生活

フィリスと初めて会ったときのことはいまでもよく覚えている。

いきなり「ルランお兄様」と呼ばれたものだからかなり驚いた。

いくらブランソン侯爵が「兄だと思って接するといい」と口添えしたからといって、初対面にも拘わらずそう素直に呼べるものではない。

——フィリスは私があてがわれた部屋へよく足を運んでくれた。

彼女がしてくれる話はどれも面白かった。しかしうまく話を弾ませることができず、自分は紅茶ばかり飲んでいた記憶がある。

五年前は半年という短い時間ではあったが、彼女の人となりがよくわかった。

再会してからは、さらなる一面を知ることもできた。

フィリスは人なつっこくて、温かくて、正直者で……そして、淫らだった。

快感に震える唇、あえかな声、艶めかしく揺れる乳房。フィリスの中は温かくて窮屈で、こちらを放すまいと絡みついてくるものだから、いつまでだってその場に留《とど》まりたくなった。

ドクッ、と下半身に不埒《ふらち》な動きを感じたルーラントは、心の中で「いまは執務中だ」と自身を戒め、同時に昨夜のフィリスの発言を思い起こした。

――フィリスは「触れてもらいたくて、すべてを知りたくてたまらなくない。それが愛すること」だと言っていた。

それは、フィリスが出した『愛する』ことの答え。しかしルーラントは違った。

フィリスと同じで、彼女のことをすべて知りたいという気持ちは同じだ。ところが自分が抱いている感情は少し違う。声を大にして言えるほど美しいものばかりではない。

フィリスを愛しているからこそ、すべてが欲しくて、なにもかもを己の意のままにしたくてたまらなくなる。

「きみはありのままでいい」と発言することで、性急に貪りたい自分を戒めた。

――私までありのままでいたのでは、彼女が壊れてしまうかもしれない。

自制したつもりだが、どうだろうか。挙式の翌朝は「大丈夫ですよ」と彼女は笑っていたが、無理をさせていないだろうか。

なによりも彼女を大切にして優先したいのに、瞳に涙を浮かべて高い声で喘ぐフィリスの前では理性が吹き飛ぶ。

己の欲を満たすためだけに動いてしまいそうになる。

「陛下、失礼いたします。少しよろしいでしょうか」

侍従のひとりが執務室へとやってきた。ルーラントは終始にこやかに指示を出す。

「おまえを信頼してのことだ。頼んだぞ」

年若い侍従は満面の笑みで頭を下げて去っていった。

我ながら白々しい。

先ほど侍従にかけたのは心からの言葉ではない。使えない者だとわかればすぐにでも首を切るつもりでいる。

五年前、ブランソン侯爵家からアルティアへ戻って以来、笑みを絶やさないようにしている。

ブランソン侯爵の教えに「とにかく笑え」というものが含まれていたのもあるが、そのほうがなにかとうまくいくからだ。

臣下に絶対の信頼を寄せたことなど一度もない。信頼したほうがよいとも思っていない。

本音を言って他人に接しても、裏切られるだけだ。

ゆえに書類仕事に関しても、安易に他人任せにはできないでいる。

「陛下、失礼いたしますよ」

姿を現したデレクに対して、嫌な顔をしたいのを堪えて笑顔で応対する。

「こちらの書類にお目通しと、必要に応じて承認をお願いいたします」

「わかった」

デレクとその従者は山のような書類を側机に置くと、敬礼して部屋を出ていった。

書類には国の施策についてだとか、国境警備に関する提案や意見が書かれていた。そのすべてに『至急』という文字が綴られている。これは、デレクが溜め込んでいたとしか思えない。

――なぜ、いま。新婚だというのに。いや、だからこそのあてつけか。

ルーラントは自身の黒髪をぐしゃぐしゃと掻き乱した。

＊　＊　＊

いまから五年前、十三歳のとき。ブランソン侯爵家の応接間に父親から突如、呼びだされたフィリスは、目の前に立つ青年に釘付《くぎづ》けになった。

「この家で預かることになった、ルランだ。兄だと思って接するといい。フィリス、さっそくルランに邸を案内してやってくれ。そのあとでふたりとも俺の部屋へ来るように」

父親はそう言い残すと部屋を出ていってしまう。母親が早くに亡くなっているので、来客に対する邸の案内はおもにフィリスが行《おこな》っていた。

切れ長の碧い瞳に、彫りの深い顔立ちが脳裏に焼きつく。身長は自分の何倍もあるような錯覚に陥った。

ずっと険しい顔をしている彼と、どれだけ見つめ合っていただろう。傍らにいた弟のダニエルに「姉様？」と声をかけられたことでようやく我に返る。

「どうぞ、こちらです！　ルランお兄様」

フィリスは部屋の外へ向かって手をかざす。ところがルランは唇を引き結んだまま、眉間に皺を寄せて立ち尽くしていた。

「どうかなさいました？」

首を傾げて尋ねると、ルランは「いや……」と答えただけだった。

「まいりましょう！」

フィリスは意気揚々とブランソン侯爵邸の案内を始める。ところがルランはどの部屋を見ても表情を変えず、質問はおろか相槌を打つこともなかった。

――ルランお兄様は怖い顔ばかり。でも……どうしてかしら、すごく気になる。

なにを考えているのか表情からはまったく読み取れない上に口数が少ないせいか、よけいに彼のことを知りたくなった。ミステリアスな雰囲気に惹《ひ》かれているのかもしれない。

最後に父親の執務室に行く。ルランだけ執務室に残り、フィリスとダニエルは部屋を出た。

「姉様。あの人、なんだか怖い」

「あの人、じゃなくてルランお兄様よ」

「今日、初めて会ったのに……お兄様だなんて思えないよ。全然笑わないし……糸が切れた人形みたいで、いやだ」

フィリスは「ふふ」と笑い、弟の頭を撫でながら言う。

「ルランお兄様はここのこと、なにもわからなくてきっと不安なのよ。だからわたしたちが教えて差し上げなくちゃ。少しでも安心して過ごしてもらえるように！」

――うん、そうよ。だから表情が硬いのだわ。

フィリスはことあるごとにルランのもとを訪ねた。彼があてがわれた部屋は父親の執務室のすぐそばだったので、父親ともよく顔を会わせることになり「また来たのか」とたびたび言われた。

「わたしがこのお部屋をお訪ねするのって、ご迷惑でしょうか？」

向かいのソファに座って紅茶を飲んでいるルランに、思いきって聞いてみた。

ルランはわずかに目を見開くと、ティーカップをソーサーに戻したあとで「いや」と短く答えた。

「ご迷惑でしたら、どうぞはっきりおっしゃってくださいね」

ルランは小さく頷く。

こうして面と向かって話していても、彼が発言することはほとんどなく、フィリスが一方的に話すばかりだ。

ルランはというと、もっぱら紅茶を飲んでいる。給仕のメイドは休む暇がない。

「紅茶がお好きなのですか？」

「いや……そういうわけでは」

ではなぜ何杯も飲んでいるのだろうと疑問に思ったが、部屋の扉がノックされ、ルランは父親に鍛錬場へと連れだされる。

父親から剣の手ほどきを受ける彼を、フィリスは物陰からこっそりと見た。あまり堂々と見学していたのでは「鍛錬の邪魔だ」と父親に怒られそうだと思ってそうした。

ルランのしなやかな身のこなしに魅入ってしまう。

「お嬢様、こちらにいらしたのですか。間もなくピアノのレッスンのお時間ですよ」

メイドが呼びにきたので音楽室へ行く。鍛錬場から程近いところにあるので、遅刻はしなかった。

ピアノの講師が帰ったあとも、フィリスはルランの姿を思い浮かべながら練習していた。

ルランの部屋を訪ね、鍛錬の時間になり、鍛錬場へ一緒に行くということが日課になっていた。

「わ……っ！」

鍛錬場へ行く途中、転びそうになったところをルランが素早く支えてくれる。

「転んでしまうところでした……！　ありがとうございます、ルランお兄様」

逞しい腕だ。転びそうになったからか、心臓がドキドキと高鳴る。

「……きちんと前を見て歩いたほうがいい」

「は、はい。気をつけます」

彼の顔ばかり見て歩いていたせいだ。

——ルランお兄様ともっとお話ししたい。

彼の声を聞きたい。笑った顔も見てみたい。

そう思っていたのに、ルランは半年後にいなくなってしまった。

「ルランお兄様とはもう会えないのでしょうか？　どちらへ行かれたのですか」

「さてな。運がよければまた会えるだろう」

「そんな……！　どうしてなにも教えてくださらないのですか？」

「知る必要がないからだ。いまはまだ」

父親は頑固だ。こうと決めたら絶対に違《たが》えない。どれだけ尋ねても、教えてもらえないだろう。

まさかその時点で彼からすでに婚約を申し入れられていたこと、五年後に結婚することになるとは、夢にも思っていなかった。

「ルランお兄様……」

頰を撫でる温かな手。それがだれのものか、知っている。

目を開けると、微笑をたたえたルーラントがすぐそばにいた。

──ああ、やっぱり……笑顔も素敵。

つられてフィリスもほほえみ、彼へと手を伸ばす。触れた頰は滑らかだった。

なにか眩しいものを見るようにルーラントが目を細くする。

「夢でも見ていたか？　私のことを以前のように呼んでいた」

「あ……はい。ルーラント様と出会った頃の夢……です」

「……そうか。昔の私とはいえきみの夢に出てきたのは……嬉しいものだ」

頰から首筋、脇腹を通ってルーラントの右手は下へ動く。

「体調は……どうだ？」

足の付け根をそっと摩られた。とたんに昨夜の出来事が思い起こされる。

──そうだ、わたし……ルーラント様と……！

身も心も夫婦となった。そのことを急に自覚する。

一生に一度の痛みと、愛し愛されることの悦びを知った。昨日までの自分とは大きく違うような気がしてくる。

——なんというか、大人になった……？

質問に答えないフィリスをルーラントは気遣わしげに見つめる。

「だっ、大丈夫ですよ？」

気恥ずかしさから、満面の笑みで答えた。鈍痛はあるが、まったく起き上がれないというほどではない。

ルーラントはほっとしたような顔になる。

「だが無理はしないほうがいい。今日は公務は入っていないはずだ」

「はい。ありがとうございます」

ルーラントと別れ、続き間への扉を開けて私室に入ると、廊下に面しているほうの扉が外側からノックされた。

「フィリス様、お戻りでしょうか？　アナです」

「ええ、どうぞ」

内鍵を開けてアナを部屋へと招き入れる。

「おはようございます！　その……えっと、い、いかがでしたかっ？」

アナが頬を染めて尋ねてくる。

「えっ、ええ……たぶん、大丈夫。なにも問題はなかったと思うわ」

「そう、ですか。おっ、おめでとうございます！」

ふたりして頬を赤くしながら「ふふっ」と笑う。

「今日のご予定は特にございませんね。ごゆっくりとお過ごしになれますね」

「そうね……。といっても、なにもしないのも退屈なのよね。昼食のあとには庭を散歩しようかしら」

「かしこまりました。おともいたします」

「ありがとう、アナ」

午前中は本を読んで過ごし、昼食後は城内の散歩へ出かけた。庭であればどこでも自由に歩いてよいことになっている。

風はやや冷たいものの陽射《ひざ》しのおかげで過ごしやすかった。丸く刈り込まれた生け垣を眺めながらゆっくりと歩く。

ルーラントの姿を遠目に見つけた。方向からして、これから会議場へ向かうところだろう。

彼はほほえみを浮かべて家臣たちとなにか話しているが、その笑みがどこか不自然に感じた。

なぜ、どうしてそう思うのか、理由は説明できない。なんとなく、そうなのだ。

フィリスは立ち止まったまま逡巡する。

「あの……フィリス様、どうなさいました？」

「あ……ごめんなさい。ルーラント様がいらっしゃったから。もう行ってしまわれたけれど」

「もしかして、寂しくなられました？」

「えっ？　ええ……そうかも」

「少しでも離れていると、寂しいですよねぇ……」

アナはしみじみとしたようすで目を伏せる。

「アナにも、そう思う人がいるの？」

ウィリアムとはどうなのだろう。アナは自分からはその話をしないので、気になる。

「わっ、私のことはいいですから！」

昔なじみの侍女は慌てたようすで両手をかざし、首を左右に振っている。

――アナがウィリアム様のことを好きだとしたら……身分差のある恋になるのよね。

障害は多い。それは彼女自身もよくわかっていることだろう。

「わたし、アナのためならなんでもするからね？」

「ど、どうなさったのですか、フィリス様……」

「なにか困ったことがあったら、遠慮なく話してほしいの。たいして役には立てないかもしれないけれど……それでも、全力でアナを応援したい」

もしもアナが身分差恋愛に悩むのなら、解決策を一緒に考えたい。ひとりで思い悩んでほしくないと思った。

気持ちは伝わったらしく、アナは穏やかな笑みになる。

「ありがとうございます、フィリス様。もしもそのときが来たら……絶対、お話しします」

ふたりは「うん」と頷き合った。

その日の夜、眠る支度を整えて続き間へ行こうとしていると、アナがやってきた。

「先ほどセドリック様から言付けを承りました」

アナは続けて、セドリックからの言葉をそのまま言う。

「ボルスト侯爵様が山のような書類仕事を持っていらっしゃいました。そのすべてが『至急』なのだそうで、陛下は決裁に追われています。フィリス様には先にお眠りになっていてほしいとのことです」

「まあ……」

「どうなさいます？　フィリス様」

「そうね……。もう少し起きている。でもアナはもう休んで？」

「ですが……」

「水差しだけ用意してくれたら大丈夫だから。ね、お願い」

「かしこまりました」

アナは申し訳なさそうな顔で水差しと、それからグラスをふたつ準備する。

「それでは失礼いたします」

「ええ、おやすみなさい」

部屋を出ていくアナを見送り、ソファに腰を下ろす。

本を読みながらルーラントを待った。ところが日を跨ぐ頃になってもルーラントは来ない。

目を擦り、ベッドに入る。

——でも、もうすぐいらっしゃるかもしれないし……。

懸命に起きていようとするが、とうとう眠ってしまう。

そんな日が何日も続いた。

日中、城の廊下でばったりと会ったセドリックの話だと、デレクが次々と過剰なまでに仕事を振ってくるとのことだった。そのせいでルーラントは要人との面会や茶会といった公務以外は執務室から出られない状況だ。

そして週末。今夜こそは起きていようと、フィリスはソファでひたすら読書をして彼を待つ。

ルーラントは夜更けにやってきた。

「私のために起きていてくれたのだな?」

彼は見るからに寝不足だ。

「はい。でも……すぐにお眠りになりますよね？　どうぞ、ベッドへ」

「ああ……」

ふたりでベッドに入る。ルーラントはほほえみを湛《たた》えてフィリスの髪を撫でている。

――どうして？

彼は連日、まともに眠っていないはずだ。きっと疲れきっている。それなのにどうして、笑みを絶やさずにいられるのだろう。

心の中に浮かんだ言葉を、一度は呑み込もうと思った。しかし、言わずにはいられない。

「……ルーラント様。お辛いときは笑わなくてもいいかと……思います」

髪を弄るルーラントの手がぴたりと止まる。

先日、会議場で家臣に向けて笑いかけている彼の顔が頭にこびりついてずっと離れない。あのときの彼は見た目にはたしかに笑っていた。しかしそれが、他人を遠ざけるような笑みに思えてならなかった。

「わたしが起きていたせいで、よけいな気を遣わせてしまっていますか？　でも、あの……お願いです。わたしの前ではありのままのルーラント様でいてほしいのです。どうか、ご無理はなさらないで」

五年前の彼を知らなかったらきっと、こんなことは言わなかった。元来よく笑う人なら、それが本質なのだろう。

しかし彼は……おそらく、違う。自然体で笑っているのではないと、フィリスは思った。

ルーラントはしばらく目を見開いていた。しだいに笑みが消え、どこか消沈した表情になる。

彼は目を伏せて口を開く。

「私は……人というものが信じられない。笑みを取り繕うのはきっとそのせいだ」

フィリスはおずおずと手を伸ばし、ルーラントの黒い前髪を撫でた。彼が目を眇《すが》める。

「きみの前で、きみに向けた言葉に嘘はひとつもない。ただ……そうだな、多少無理をして笑っていることが、あったかもしれない。さっきのように」

微笑は完全に消え失《きう》せて真剣な顔になる。腰を抱かれ、密着する。

「五年前……ブランソン侯爵家に匿われる前のことだ。私は過ちを犯した」

どきりとする。デレクから聞き及んだ話が脳裏をよぎった。

「牢に囚われた旧王……伯父のもとへ、短剣を届けた」

フィリスは言葉を返せない。五年前と同じ、唇を引き結んだままの彼がすぐそこにいた。

「……だれかに聞いて知っていたか?」

「はい……。ボルスト侯爵邸の茶会でデレク様から聞いたのです。そういう噂がある、と。

隠していたつもりはないのですが……いえ、結局はそうなりますね。ごめんなさい、ルーラント様」

「いや、きみが謝ることはなにもない。だれかから聞き及んでいるだろうなとは思っていた。だがフィリスは、私が自ら話題にするまで……と、思っていたのだろう?」

フィリスは小さく頷く。しばしの沈黙があった。

「でも……なぜですか……?」

彼は、そのときのことをもっと話したいのではないか。そう思って質問した。

ルーラントはためらうように視線をさまよわせたあとで語りはじめる。

「ある人に……秘密裏に届けるよう頼まれたからだ。短剣だとは知らずに、伯父のもとへ……。中身を確かめもせずに、私は……っ」

ルーラントの瞳に薄い水膜が張る。名を言わないのはきっと、彼がその人物を庇《かば》っているから。

――いったいだれを?

なんにせよ、庇いたくなるほど信頼していた人物に違いない。

「……っ」

フィリスは短く息を吸い込み、ルーラントの両手をぎゅっと握り込む。

――そんなことがあれば、人が信じられなくなるのは当然だわ。

五年前、彼が沈んでいるように見えたことにいまさら合点がいく。心がすさむのは当然だ。そしてそれは、いまも彼を苛《さいな》み続けている。

悲痛な面持ちをしているルーラントにフィリスは言う。

「ご自身を責めないでください、ルーラント様」

握る手に力を込め、はっきりと言葉を紡ぐ。

「当事者でないわたしが言えたことではありませんが、ルーラント様は悪くありません」

彼は、絶対に悪くない。

「届け物の中身を確かめなかったのは、それを届けるよう指示した方をルーラント様が信頼なさっていたからでしょう？　だから……だからっ、ルーラント様に非はありません！」

感極まって涙が零《こぼ》れ落《お》ちる。

善悪の判断を自分ができるほど当時のことを知らないし、そんな立場にないこともわかっている。それでも、そう言わずにはいられなかった。

過ちを悔いる彼を、せめて言葉でだけでも救いたかった。ちっぽけな自分の発言で救えるほど、浅い傷ではないとわかっていながらも、自分にできる精いっぱいの想いを伝えたかった。

碧い瞳から水粒が溢れて、シーツのほうへと流れていく。瞬《まばた》きで見落としてしまいそうなほど僅かな、一筋の涙だった。

「私は……ずっと、その言葉が欲しかったのかもしれない」

頭を掻き抱かれ、ルーラントの首に顔を埋める。

「これから、きみの前では無理をして笑わない」

頭を撫でられ、自然と瞼が落ちてくる。まどろみはじめたフィリスを見て、彼もまた眠気に襲われたようだった。

「……眠るとしよう」

「はい……おやすみなさい」

そうして瞼を閉じると、ふたりはものの数秒で眠りに就いたのだった。


フィリスはルーラントとともに、帝国全土に広がる運河の視察を兼ねたハネムーンへ出発した。二泊三日という、ハネムーンにしては短い期間ではあるが、彼と一緒に過ごせることをフィリスは喜んでいた。

馬車に揺られながらルーラントは笑みを見せる。

「やっとハネムーンだ」

ルーラントのすぐそばでフィリスは「はい！」と返事をした。

「すごく楽しみにしておりました」

「私もだ。昼夜を問わずきみと過ごせる貴重な時間だ」

手を取られ、甲にキスを落とされる。

――ルーラント様はどうしてこう……なにをするにも色っぽいの？

内心どぎまぎしながらフィリスは口を開く。

「ですがご公務……書類仕事のほうはよろしいのでしょうか？」

山のような書類仕事はどうなったのだろう。

「ああ、それが……デレクはハネムーンを見越して書類仕事を振っていたらしい。まったく、そうならそうと言えばよいものを。新婚に対する当てつけだと考えていた。……いやそれも絶対にある」

彼は笑みを消して憤然としている。以前よりも表情が豊かになった。気を許してくれているからだと思うと、嬉しくなる。

「うん？　どうした、そんなに笑って。きみこそ、笑いたくないときは笑わなくていいんだぞ」

「はい。でもわたしはすぐ顔に出てしまいますから」

無理に笑おうと思っても、できない。

「ん……それもそうだな。ともかく、書類仕事は忘れて気兼ねなく旅行を楽しめる。安心してほしい。……といっても、運河の視察も公務のうちだが」

「王都の中心と外れのほうの運河とでは、やはり異なりますか？」

「川幅が段違いだな。まあ、百聞は一見にしかずだ」

馬車は順調に進んでいく。

王都の外れに差し掛かると一時的に馬車を降りた。

ルーラントが言っていたとおり、郊外の運河は王都よりも二倍は幅が広い。圧巻だ。

別の馬車から降りてきたセドリックも一行に加わり、運河沿いを歩く。

ふと、運河の中央に堅牢《けんろう》な石造りの建物を見つけた。

「あの建物はなんですか？」

「あれは牢です。国王陛下もあの場所に囚われていました」

「そうなのですか……。運河に囲まれた牢なのですね」

「囚人が脱獄しても、簡単には逃げられないようにしたかったんでしょうね。とはいえ、こんなふうな国なので、庶民はもちろん貴族も大概の人間が子どもの頃から泳ぎを習います。柵のない運河に落っこちちゃったら死にますからね。けど僕はからきしです。陛下なんかは、それはもうお上手です」

「セドリックは泳げないのですか？」

「はい。どうも水が怖くて」

「私も同じです。山に囲まれた侯爵領でしたし、近くに川もありませんでした」

海はかつて旅行で見たことがあったが、それだけだ。

「はは、貴族のお嬢さんはふつう泳げないでしょう。この国がちょっと変わってるんですよ」

セドリックはなおも説明を続ける。運河は入り組んではいるがすべて繋がっていて、城に集約されているのだという。

「あら……？　あの瓶、さっき別の場所でも見かけたような……」

中に紙のようななにかが詰められた瓶がぷかぷかと浮いて流れていっている。瓶についてはルーラントが答える。

「城に勤める者に宛てた瓶詰めの恋文を町娘が水路に流してアルティア城へ届けたという話があって、それ以来、ああして恋文を流す者がいるので瓶はすべて回収している。禁止しようという話も出たが……」

「ええっ。せっかくロマンチックなことですのに」

「そう。そんな意見が出たので、水路へ瓶詰めの恋文を流すことは禁止されていない。まあ、城に勤める独り身の者たちが、いつかはそうして恋文を貰いたいなどと思って禁止したくないんだろうな」

やれやれという具合に笑うルーラントを見て、フィリスも笑みを深めた。

運河沿いをぐるりと一周したあとはふたたび馬車に乗り、二十分ほど揺られた。

目的地であるベイル侯爵領に到着する。ここはルーラントの所領だ。

柔らかな風が吹く中、入り組んだ運河をボートで散策する。茅葺《かやぶ》き屋根の小さな家々が点在し、木の橋がそこここに架けられていた。

「お伽噺《とぎばなし》の中に来たみたいです！」

はしゃぐフィリスを見てルーラントは嬉しそうに口の端を上げる。

「お気に召したようで、よかった」

ボートでの散策を終えると木靴に履き替えて湿地帯を歩いた。ぬかるんだ地面を歩くには木靴のほうがよいのだそうだ。

水辺には風車が連なっている。川と干拓地の間の水をくみ上げるために建てられたものだ。

風車は干拓地を乾いた状態に保つためにも使用された。そうして穀物の栽培が可能になるのだと、ルーラントが喜々として話してくれた。


ハネムーン中の夜はベイル侯爵邸で過ごす。ルーラントの生家だ。

正面の跳ね橋を除いて四方が幅の広い水路に囲まれているので、まるで水上に建っているかのように見える。首を左右にぐるりと動かさなければ全体を見渡すことのできない、広大な屋敷である。

現在はルーラントの遠縁にあたるユマノ子爵、マクシミリアンが領地管理をしているとのことだった。

跳ね橋を通って屋敷内に入るなりフィリスは目を輝かせる。

「楽しそうだな？」

「はい！　だってこのお屋敷は、ルーラント様が長くお過ごしになった場所です。わたしの知らないルーラント様が、たくさん……！　もしよろしければ、思い出話をお聞きしたいです」

フィリスは興奮気味だ。ルーラントは照れたように頬を掻く。

「思い出……か。んん……すぐには頭に浮かんでこないが……そうだな、屋敷を案内していれば思いだすか」

ルーラントはセドリックをはじめ侍従や侍女たちに「夕食まで自由にしていい」と告げ、フィリスとふたりきりで屋敷の廊下を歩きだす。

絵画や彫像が置かれた長い廊下の先には、水路に面した大きな庭があった。ガラス張りの開き戸からテラスへと出る。

白い柵に片手をつくと、ルーラントは庭を一望した。

「幼い頃はよくウィリアムが泊まりに来ていたな。従兄と一緒になって庭で駆けまわることを私の両親は咎めなかった。ウィリアムは当時王太子ということもあり、城では思いきり遊べないようだった」

思い出をひとつひとつ確かめるようにしてルーラントは言葉を紡ぐ。

「私は他に兄弟がいなかったから、ウィリアムが泊まりに来るのは嬉しかった」

「お兄様のように思っていらしたのですね」

「まあ、そうなるな。……だが私はきみのことを妹のようだとは、一度も思わなかった」

彼がこちらを向く。揺らめく水面の美しいところだけを切り取ったような碧い瞳が見つめてくる。

「フィリスは、フィリスだ。私の、たったひとりの……愛しい存在」

頬に手を添えられ、唇が重なる。一度だけでは終わらず、唇を食むように啄まれた。

──なんだかあやしい雰囲気じゃない⁉

「ル、ルーラント様！　あの、もう少しお屋敷の中を見せていただきたいです」

「そうか？」

いささか不満そうなルーラントだったが、案内を再開してくれる。

音楽室にはグランドピアノが置かれていた。ルーラントは鍵盤蓋を開け、白い鍵盤を指で押す。

「マクシミリアンはピアノを弾《ひ》かないが、調律はきちんとしているようだ。フィリス、一緒に弾こうか。五年前、きみはよく練習していたよな」

「どうしてご存知なのですか？　わたしがピアノの練習をしていたこと」

「きみが鍛錬場からいなくなってすぐピアノの音色が聞こえていたから、そうだと思った」

「あの頃……わたしがルーラント様を眺めていたこと、気づいていらっしゃったのですね」

「むしろ、隠れていたつもりなのか？」

ルーラントは口を押さえてくすくすと笑う。

「か、隠れていたつもりです！　鍛錬の邪魔になってはいけないですし……」

頰を膨らませ、唇を尖らせるフィリスのすぐそばへルーラントは歩みを進める。

「あの頃からずっと……いまもなお惹きつけられる。どこにいても、きみのことが気になる」

腰を抱かれ、脇腹を撫で上げられた。またも艶っぽい雰囲気になってしまい、慌てる。

「ルーラント様、ピアノ！」

「そうだったな。……曲はどうする？」

「ええと、そうですね……『クマのパレード』はいかがでしょう？　わたし、すごく好きなんです。心が弾むというか」

「その曲なら私も好きだ。気分が明るくなる」

そうしてふたりでピアノの前の長椅子に座る。

はじめはにこにことしていたフィリスだが、しだいに顔が強張っていく。

「わ、わたし……緊張してきました」

「なぜ？」

「いえ、その……『クマのパレード』って楽しい曲だけれど、テンポが速くて難しいということをすっかり忘れていました」

「間違えたっていい……と、これはいつかの舞踏会でも言ったな。私に気を遣う必要はないから、好きなように弾くといい」

フィリスは頷いたあとで深呼吸をする。どんなときも、最初の一音がいちばん緊張する。

フィリスとルーラントは互いに顔を見合わせて鍵盤に手を添え、始まりの一音を押す。

それからは譜面を思い浮かべ、間違えないように弾くので精いっぱいだった。

引っかかってしまうことが多々あったが、彼のほうがうまく合わせてくれるおかげで、しだいに楽しくなってくる。

長い一曲を弾き終わる頃にはすっかり高揚していた。

「ありがとうございました、ルーラント様！　すごくお上手なのですね」

フィリスが褒めると、ルーラントは少し肩を竦《すく》めて「人並みだ」と謙遜した。

「じつは、五年前も……こうして一緒に弾けたらな、と思っていた」

フィリスはすぐには言葉を返せず、頬を朱に染める。

「嬉しい、です。そんなふうに思ってくださっていたなんて……。あの頃は、わたしばかりがルーラント様を追いかけているとばかり……」

「私だってきみを追いかけていた。それはこれからも」

指先にキスの雨が降る。

甘く、穏やかな時間だった。彼が皇帝陛下で、自分は皇妃になったのだということを一瞬だけ忘れてしまった。

「この屋敷では、立場を忘れて過ごそう」

フィリスの心を覗いたようにルーラントが言った。

「はい……ルーラント様」

額と額を合わせる。フィリスはゆっくりと目を瞑った。


食堂で晩餐をとったあと、ルーラントが寝室へと案内してくれた。

「ここは私がかつて使っていた部屋だ」

青と白を基調とした部屋にはそう多くの調度品は置かれていない。その代わりに、寝室だというのに干拓地の土地区画が描かれた図面が壁に掛けられていた。

その図面を見ながらルーラントはしみじみとしたようすで言う。

「私はここで領主として過ごしていくものだと思っていた」

「いまも……そのお気持ちが？」

彼は幼少期から、ベイル侯爵領主となるべく教育を受けてきたはずだ。それがまさか皇帝になるとは、夢にも思っていなかっただろう。

ベイル侯爵領に来てわかったことだが、ルーラントはこの地を愛している。

――わたしも、ここが好き。

ルーラントと一緒に来ることができて本当によかった。

フィリスはじっと、ルーラントの答えを待つ。彼はしばらく無言だった。

「……いや、思わない。帝政へと転換した父の行いは正しかったと思うし、私もまた皇帝となったことを後悔はしていない。アルティアを治めることはベイル領の発展にも繋がる。それに……」

彼が歩み寄ってくる。

「なにより、安穏と領主をしていたらきみと出会えなかった」

五年前、彼は旧王派に追われる形でブランソン侯爵家へ来た。帝政へ転換し、皇太子とならなければたしかに、彼とは出会えなかった。

フィリスは琥珀色の瞳を潤ませる。

「どうして泣きそうな顔をしているんだ」

「う……だって……。わたしも、ルーラント様と出会えたことが嬉しいです。けれどそれは、ルーラント様がお辛い体験をされたからなわけで……素直に喜んでよいものかと」

「優しいな、フィリスは。……いい、喜んでくれ」

小さな子どもにするように、なでなでと頭を摩られる。

「さあ、こちらへ」

手を引かれて歩く。

寝室と続き間の浴室には床よりも下に、埋め込まれるようにしてバスタブが設置されていた。

ルーラントはあらかじめ侍女たちに指示していたのか、バスタブには湯が張られ、薔薇《ばら》の花びらが浮かべられていた。

「一緒に湯浴みしよう」

ルーラントは笑顔でさらりと言葉を紡いだ。

ごくあたりまえのことのように彼が言ったので、ついふたつ返事をしてしまいそうになった。

「い、いえ……どうぞルーラント様がお先に！　わたしはあとからでけっこうです。あ、そうだ……湯浴みのお手伝いをいたします」

ルーラントは先ほど侍従たちをすべて下がらせていた。ゆえに彼の湯浴みを手伝う者がいない。

「手伝いはいらない。私はいつもひとりで入浴する」

ルーラントは満面の笑みで言葉を継ぐ。

「だがきみは違うよな」

「はい、ふだんはアナが一緒に……。ですがわたしも、ひとりでも平気ですから」

「いや、だめだ。あちこち歩きまわったから疲れただろう？　きみの体は私が洗う。侍女の代わりは私が立派に務めてみせる」

自信たっぷりのルーラントに、フィリスは押し負けそうになる。

「いいえ、ルーラント様にそのようなことをしていただくわけにはまいりません」

「立場は忘れるように、と言っただろう？」

彼が服を脱ぎはじめたので、フィリスはとっさに後ろを向いた。

彼の裸は目の毒だ。直視すれば最後、一気に淫らな世界へと引き込まれてしまう。

――だってまだ陽も沈みきっていないのに！

背徳感に襲われて、いたたまれなくなる。

「きみも脱いで。いつまでもコルセットで締めつけているのは窮屈だろう？」

後ろから、両肩にそっと手を載せられる。

「あの、それは……そうなのですが……！」

フィリスは両手を胸の前に置いて縮こまった。

「今日は……嫌？」

悲しそうな声で言わないでほしい。

「そ、そういうわけでは……ないのですが、その……」

ふだんはしっかりと湯浴みをして、体を調えた上でのぞむ。

「まだ……準備ができておりませんので、恥ずかしいのです」

唇を噛《か》みしめて俯く。

「ああ……たまらない。恥ずかしい？　そうか……」

ルーラントは恍惚とした表情になって、フィリスの背の編み上げ紐を解きはじめる。

「わたしの話、お聞きになりましたかっ？」

身を捩って彼のほうを振り返って尋ねるも、ルーラントは素知らぬ顔だ。

「聞いていた。準備ができていないので恥ずかしい、だったな。大丈夫。準備なら私が調える」

「で、ですからっ……！」

こちらの真意がわかっているのかそうでないのか、どちらともつかない。

なんにしても、脱がせる気まんまんだ。

「きちんと体を清めた上で、ルーラント様と向き合いたいのです」

はっきり告げると、ルーラントは「はは」と軽快に笑った。

「きみはいつだって清らかだ」

ドレスとコルセットの編み上げ紐が緩み、床に落ちる。なんて手際がよいのだろう。

シュミーズのボタンは後ろで留めるタイプのものだったから、いくら両手で胸元を押さえていてもボタンを外されてしまえばすぐに無防備になる。

「や、ルーラント様……っ」

「フィリス……愛している。きみのすべてを」

背にくちづけられたことで両手の力が抜け、シュミーズを押さえていられなくなる。そうこうしているうちに、ドロワーズごと引き下げられてとうとう裸になってしまった。

「きみがどうしても恥ずかしいというなら、後ろから洗う」

「う、うう……いえ、自分で洗いますので」

「だめだ」

「どうしてですか？」

「私が洗いたい。きみの体を、隅々まで」

「隅々⁉」

すぐには二の句を継げず、口をぱくぱくと動かす。

「だっ、だめです、そんな……！　アナと一緒に入るときだって、背中以外は自分で洗っています」

「私には遠慮しなくていいから」

「遠慮とかではなくて……きゃっ！」

ルーラントは痺《しび》れを切らしたのか、フィリスを抱え上げてバスタブへ向かう。

バスタブは床よりも低い位置にあるので、ルーラントがフィリスを横抱きした状態でも易々と入ることができる。

彼はフィリスを膝に載せたまま、バスタブのすぐそばに置かれていた石けんを両手に泡立てはじめた。

「ほ、本当に……なさるのですか？」

あらためて尋ねれば、ルーラントは大きく頷いた。フィリスは少しでも羞恥心を紛らわしたくて彼に背を向ける。

そうしてルーラントの顔を見ていなくても、彼がどんな顔をしているのか想像がついた。

――きっと楽しそうに笑っていらっしゃる。

少し前の自分なら、わからなかっただろう。

答え合わせをするようにちらりと彼のほうを向けば、考えていたとおり楽しげだった。

「うん？」

低く、それでいて優しい声音。ほほえんだまま首を傾げている。

「な、なんでもありません」

――わたし、前ほど正直じゃなくなっているわ。

思ったことをなんでも口に出してしまう性格が直ったのだと喜ぶべきだろうか。

フィリスがあれこれと考えているあいだにルーラントは『洗う』準備を整える。

まずは首筋。ドレスはすべて脱いだものの、髪の毛は結い上げたままだったのでうなじは剝《む》きだしだ。

「んぅ……」

フィリスは呻いて身をくねらせる。

いま彼の手が触れているのは首筋で、なんでもないところのはずなのに、彼の手に泡がついているせいかくすぐったくてたまらない。

「ふ」と息を漏らしながら下を向く。

「透き通るように白く、すべやかな肌だ……」

ルーラントが感心するような調子で言った。とたんに全身に熱がこもる。

「あ、赤くなった」

「ルーラント様……！　あまり……からかわないでください」

これでは体がもたない。

「からかっているつもりはない。きみが愛らしいのがいけないんだ」

逆に責められてしまった。

──それなのに心地がいいのは……なぜ？

「かわいくてけなげな……私の妻」

後ろから頬ずりされる。

──ああ……そうだわ。

「いけないんだ」と言われても、それが愛を伝える手段のひとつだからこそ心地がよい。

甘い責め苦だ。

「フィリス」

呼びかけられたかと思えば、耳に生温かなものが這う。ルーラントはフィリスの耳朶を舌先でちろちろと舐《ねぶ》った。

「ふぁ、あっ……」

おかしな声が出てしまうのが恥ずかしくて口を両手で押さえる。

耳殻をツツ……と舌で辿られ、ぞくぞくと震えが走る。湯の中にいて、寒くはないはずなのに不思議だった。

「や、あっ……うぅ」

口を押さえていても声が漏れてしまう。彼の両手は首筋から下へと伸びていく。

ルーラントの膝の上に座っているので、湯は胸の三分の一ほどの位置までしかなかった。

彼は泡まみれの手で、ふたつの膨らみを湯から持ち上げるようにして洗う。

「あ、あっ……んん……！」

大きな手のひらで包まれ、執拗に揉みまわされる。

ひどく淫猥《いんわい》な気がして、くらくらしてくる。

わかっていた。彼は真面目に『洗う』つもりはないのだと。いや、わかっていたのではなく期待していたのかもしれない。

乳房を揉みしだく彼の手はひどくぬめりけを帯びていて、気持ちがよい。口から高い声が出るのを、自分では止められなかった。

「触れずともこんなに尖らせて……いじらしいな、フィリスは」

彼がどこのことを言っているのかすぐにわかる。

どれだけ激しく胸を揉まれても、そこだけは手つかずになっていた。

「だって……ん、んっ……ルーラント様の、せいです……！」

開き直って彼を責める。いっぽうルーラントのほうも、そうして責められるのは苦ではないらしい。フィリスの耳のすぐそばで、熱い息をたっぷりと吐きだしながら笑っている。

「私のせいか。それで、こんなふうにしてくれていると思うと……嬉しい」

乳輪を擦られる。

「ふ、うぅ……」

くすぐったさと快さが同時に湧き起こり、いてもたってもいられなくなった。

ルーラントの長い指はあともう少しで尖りの部分に触れそうだというのに、なかなかそうはならないのがもどかしい。

フィリスは眉根を寄せ、唇を引き結んで耐える。

「辛そうな顔だ」

彼が後ろから覗き込んでくる。

「私のなにがいけないのだろう」

いやに白々しい。

「わ、わかって……いらっしゃる、でしょう?」

ルーラントは悠然とした笑みを浮かべてフィリスの頬をそっと摑む。

斜め後ろを向かされた。唇が合わさる。

「ん、ふっ……!」

甘やかなくちづけにすべての意識がいっているのに、突然ルーラントが胸の尖りを押し上げるものだから、驚きと快感で全身がびくんっと大きく弾んだ。

「んぅ、んっ、うぅ」

すでに凝り固まっていた胸飾りを、彼のしなやかな指が上へ下へと嬲り倒す。泡にまみれているので滑りがよく、摩擦は一切ない。あるのは気持ちよさばかりだ。

息つく暇《いとま》のないくちづけとあいまって、快感はどんどん高まっていく。

「フィリス……すごく硬い」

キスの合間に囁かれた。フィリスは「うぅ」と唸ることしかできない。

ルーラントは胸の蕾《つぼみ》を指の腹で挟んで引っ張り上げる。それでフィリスがどんな反応をするのか、試しているようだった。

「やう、あっ……あぁっ」

乳輪ごと、絞り込むようにして引っ張られている。

体を洗われることをあれほど渋っていたというのに、いまは彼の指に翻弄されて悦んでいる。恥ずかしいと思うのに、それすらも快感へと変わる。

「本当に……食べてしまいたくなるほど、きみはどこもかしこもかわいい」

「た、食べちゃ……だめ、です。お腹《なか》を……壊しちゃう」

めくるめく享楽に襲われていたせいか、ついそんなことを言ってしまう。

ルーラントはフィリスの返答がよほど面白かったらしく、肩を揺らして笑った。

「食べられてしまう自分よりも私の心配をしてくれるのだな、フィリスは」

手首を取られ、指先をぱくっと食まれる。全身がぞくんと粟立《あわだ》つ。

「そういうところも……好きだ」

フィリスの手首から腕のほうへと彼の指先が伝い下りていく。胸の蕾をつんと軽くつついたあと、さらに下降して足の付け根へ向かう。

「う、ん……っ」

フィリスはもじもじと脚を動かす。

その箇所が、ずっと燻《くすぶ》っていたのだとは知られたくなかった。

——でもお湯の中だし……大丈夫、よね。

ところがルーラントはすぐに蜜の存在を暴く。彼の中指は真っ直ぐに蜜口へ行き、その浅いところをくちゅ、と掻き乱した。

「やっ、ルーラント様……！」

「うん？　恥ずかしいから、嫌？」

こくこくこくと何度も首を縦に振る。あまりにも勢いよくそうしたからか、ルーラントはまたしても笑っていた。

「ではやめておこう。……まだ」

まだ、という言葉が気がかりだが、ひとまずは安心する。しかし、それで安心などできるはずもなかったと、数秒後に後悔することになる。

ルーラントの指が淫唇を辿りはじめたからだ。

指は花芽のまわりを泳ぐように周回する。ぐるぐるぐると執拗に、中央にある珠玉を避けて這いまわる。

じれったくて腰が揺れる。胸の先端にしても、最も敏感な部分は避けて通られ、乳輪だけを辿られていた。

「あ、ぅっ……そんなとこ、ばっかり……や、ぁ」

「ほかのところも洗われたい？」

幼子に言うような甘い声だった。もはや『洗う』行為とは別物だとわかっていながらも大きく頷く。

フィリスが素直だからか、ルーラントは満足げだ。

彼の右手の中指が花芯をつつき、左手の人差し指は胸飾りを押す。

「……ここ？」

恥ずかしくて本当のことが言えない。

「もっと別のところかな」

指はわざとらしく花芽を避けていってしまう。

「あ、ちがっ……うぅ……違い、ます。そこ……」

「こっちかな」

問われるたびにフィリスは首を縦に振ったり横に振ったりと忙《せわ》しなく動かした。

そうしてようやく花芽と、それから胸の蕾へと辿りついてくれる。

どう考えてもからかわれていたが、そんなことはどうでもよくなるくらい、その箇所に触れてほしかった。

「あ、あぁ……っ！」

敏感な箇所を弄られ身悶えするうちに、結い上げていた髪が自然と乱れて解け、湯面へと散る。

肌が汗ばんできた。首筋をきつく吸い上げられるとどういうわけか快感が増し、あっという間に絶頂を迎える。

「あぅ、う……んんっ……」

下腹部を核としてトクン、トクンと全身が脈打つ。

背にも鼓動を感じる。ルーラントの厚い体が密着していた。

「フィリス……いいか？」

ずっと気づかないふりをしていたが、雄の主張は初めからあった。臀部《でんぶ》に当たる雄大な存在を、無視などできない。

「はい、ルーラント様」

頷くだけではなく、はっきりと言葉に出すことで、求められて応じるだけではないのだと、伝えたかった。

――わたしだって、ルーラント様が……。

その意図がきちんと伝わったのかどうか定かではないが、ルーラントは穏やかに――それでいて情欲の灯《とも》った眼差しで――ほほえんでいる。

バスタブのすぐそばにはタオルが何重にも敷かれていた。そこに両手と両膝をつく恰好《かっこう》になる。

「え、あの……？」

ベッドへ行くものだと思っていたフィリスは戸惑う。

「……待てない」

ルーラントは余裕のない声で呟き、フィリスの腰を抱く。

その言葉のとおり、雄杭は無遠慮に蜜壺へと潜り込んでくる。

「ひぁ、あ、あぁ……っ」

ずぷ……と水音を奏で、剛直は潤んだ媚壁を押し開きながら進む。

凄まじいまでの質量に気圧《けお》されるものの、初めての夜に感じたような痛みはなく、空虚だったそこにあるべきものが収まるような愉悦すら覚えた。

行き止まりまでしっかりと嵌《は》まり込《こ》む。

「……辛くは、ないか？」

「は、い」と絶え絶えに答える。

ルーラントは深呼吸をして身を屈め、フィリスの背にくちづけた。

「フィリスの中は……熱い。このあいだもそうだった」

対して、フィリスはなにも言うことができない。ルーラントが腰を前後させはじめたせいだ。

「きみの華奢《きゃしゃ》な体にこれほどの熱が隠されていたなんて、少しも想像していなかった」

腰にあてがわれていた両手が腹部を通り、胸のほうへと移ろう。

「暴きたい……もっと。フィリスを知りたい」

「ひゃ、あっ……！」

ひとりでに揺れるばかりになっていた双乳を鷲掴《わしづか》みにされた。律動に合わせて一定のリズムで揺れていた乳房を、不規則なものへと無理やり変えさせられる。

「それにしても、フィリスは柔らかい」

感心したように彼が言うので、とたんに恥ずかしくなる。

「も、もっと…ん、ぅ……っ、鍛えたほうが、よいでしょうか」

「まさか。いまのままのフィリスがいい」

雄竿が隘路の入り口あたりまで引いていく。そのまま抜けてしまいそうになって危ぶんでいると、一気に最奥までずぐんっと戻されて「あぁあっ！」と大声が出る。

「熱く、柔らかく、高らかに啼《な》くきみを……愛している」

言葉の最後のほうは絞りだすようにして、ルーラントは抽送する。

「ふ、あ……ぁっ、はぁっ……！」

淫茎が狭道を往復するたびに、快感の波が大きくなっていく。

ルーラントは円を描くようにして己の情欲で蜜壺を掻きまぜる。そうすることで、フィリスの形を確かめているようだった。

「いい、と思うところがあれば教えてほしい」

「ん、えっ……⁉」

突然の質問に、フィリスは驚きを隠せない。

「知りたいと言っただろう？　きみのことを」

「そ、それは……あの……ん、あぁ……っ」

せめて繋がり合っていないときにしてほしいと思ったが、彼が知りたいのはこれも含めてなのだろう。

「……このあたりは？」

真剣な声音で問われ、頬に熱が立ち上る。隘路の中程を擦られている。

「ふ、ぁっ……あ、あっ！」

急に大きくなってしまった嬌声で、ルーラントはそこが『いい』場所だとわかったらしかった。

言いたいことを捲《まく》し立てるように、その箇所を執拗に穿たれる。

「やぅ、やぁっ……ルーラント様……！」

涙目になって彼の名を呼ぶ。喘ぎは止まらず、声は大きくなるいっぽうだった。

気持ちがよくて、よすぎて、意識が朦朧《もうろう》としてくる。

「だめ……ルーラント様、わたし……あ、あぁっ、あ……」

「ん……フィリス」

彼の動きが速度を増す。

タオルが何重にも敷かれているとはいえ、ベッドのように揺れを吸収してくれず、陽根が前後する衝撃はすべてフィリスの体に伝わってしまう。

視界は大きく揺れ、身の内はぐちゃぐちゃになっていく。

それなのに、不快感どころかそれとは正反対のもので身も心も埋め尽くされる。

我を忘れて「あぁぁあっ……！」と叫ぶ。体の奥深くにあったルーラントの情熱が脈動する。彼の精で、満たされていった。

体に力が入らない。自身を支えることができず、その場にうずくまる。

そんなフィリスを抱き上げて、ルーラントはベッドへ移動した。シーツの上で仰向けになる。弛緩した体はされるがままだ。

ルーラントはフィリスの隣に陣取ると、にこやかに言った。

「足を揉んであげよう」

「いえ……そんな……」

「立場は忘れて……だ」

そういえば、そうだった。

「では……はい。よろしくお願いします」

「ああ」

ルーラントは喜々としてフィリスの足を揉みはじめる。

「ですが……あの、本当によろしいのでしょうか。皇帝陛下に、足を揉んでもらうだなんて……畏れ多くて」

「きみは、私をただの男だとは思えないということかな」

その問いに、すぐには答えられない。再会したときすでに彼は皇帝となっていた。

「私は……きみを愛するただの男だ。きみなしでは生きていけない、どうしようもない夫」

ふくらはぎを丁寧に摑んで押す彼の手が心地よかった。フィリスは両目を細くする。

――けれど、五年前……彼のことをなにも知らないときだって、惹かれていた。

そうしてフィリスは答えを見つける。

「ルーラント様は、ルーラント様なので……あなたが何者であっても、お慕いしております。ルーラント様のおそばにいることができて、わたし……すごく幸せです」

彼は破顔したあとで目を伏せて、フィリスの太ももを手のひらで押す。

「私は皇帝としてしか価値がないのではないかと、思うことがあった。だから……きみに認めてもらえるのは、嬉しい。……ありがとう、フィリス」

「お礼を言わなければならないのはわたしのほうです」

ルーラントは笑んだままふるふると緩く首を振る。

「うしろを向いて。背中もだ」

「ん……」

言われたとおりにうつ伏せになると、両手が背中を這った。

背中は、足と違って少々くすぐったい。それでも、大きな両手でやわやわと押されると気持ちがよかった。

自然と目を閉じる。このまま眠ってしまいそうだと思ったとき、太ももになにか硬いものが当たった。

まどろみは吹き飛んで、ぱっと目を見開く。

「あの、ルーラント様……？　なにやらまた……お、お元気になられて……」

目を白黒させるフィリスを見て極上の笑みを見せながらルーラントはあっさりと「そうだな」と肯定する。

「そんなつもりはなかったんだが……きみのせいだ。蠱惑的《こわくてき》だから」

笑みを湛えて、ルーラントはフィリスの隣に横向きに寝転がる。

うつ伏せになっていたフィリスだが、彼の力強い腕に誘われて向かい合う恰好になった。

熱いくちづけとともに、彼の膨らんだ雄茎が足の付け根のあいだに潜り込んでくる。

「挟んで……」

優しく命令され、そのとおりにする。

潤みを残していた淫唇が陽根を濡《ぬ》らし、滑りをよくする。彼のものが淫核を擦り、たまらない快感をもたらす。

「ん、あっ……あぁ」

彼の一物は内側には入っていない。それでも一体感があった。脚のあいだに挟んだ彼の硬直は凄まじい存在感を放っている。

ふたたび唇が重なり、舌を挿し入れられた。

互いに腰を揺らしながら舌を絡ませ合う。込み上げる情愛が理性を脆《もろ》くして、めくるめく官能にどっぷりと浸《つ》かる。

気持ちがよくて、彼のこと以外はなにも考えられない。

ルーラントはフィリスの背中を撫で摩りながら、もう片方の手では乳房を揉み込んだ。

胸は刺激されればすぐに先端を尖らせる。そのことが恥ずかしいのに、ルーラントは薄桃色の棘《とげ》を凝視している。

「美味しそうだ」

冗談なのか本気なのか、そう言うなりルーラントは舌なめずりをした。下腹部がドクンと脈打つ。

首筋をちゅうっと強く吸い立てられた。

唇はどんどん下りていく。鎖骨の下も強くくちづけられた。乳輪のすぐそばでもルーラントは口を窄《すぼ》める。

赤い花びらのような筋がいくつも散っている。彼は胸飾りのすぐそばまでツツ……と舌を走らせた。大きく口を開け、まるで果実を食べるようにぱくりと薄桃色の棘を食む。

「ひぁあっ……！」

さながら果汁の絞りだしだ。じゅ、じゅっと音を立てて胸飾りを吸われる。

本当に食べられているようだった。

フィリスは肩を揺らして悶《もだ》える。そのつもりがなくても、ルーラントの瞳には『誘っている』ように見える。

「こっちも……か？」

恍惚とした顔の彼に、もう片方の乳房の先を食まれる。

「あぁ……ん、うぅ」

彼の口腔は熱い。敏感な棘を、口に含まれた舌先で嬲られ、消えかけていた下腹部の熱が再燃する。官能を呼び覚まされる。

背中にあったはずのルーラントの左手がいつのまにか臀部にあてがわれていた。探るように揉まれる。

「乳房とはまた異なる感触だ」

濡れそぼった胸飾りの前で言葉を紡がれ、かあっと頬が火照る。

「そんな……お、おっしゃらないでください……！」

たまらずフィリスが言うと、ルーラントは困り顔になった。

「貶《けな》したり、辱めたりしたくて言っているわけではない。きみのことがわかって、嬉しくて……つい口に出してしまう」

ルーラントは舌を蛇行させて胸の尖りを嬲る。

「ひゃっ、あ……あぁっ」

「この……んん、硬さも……やみつきになりそうだ」

吐息が吹きかかるたびに、胸の先がツンと疼《うず》く。きっと硬さを増している。自分では制御できないことなので、フィリスは「うぅ」と呻くしかない。

彼はなおもフィリスの下半身にある双丘を揉みまわす。さんざんそうしたあとで、今度は前へとまわり込み恥丘を撫ではじめた。

「はぅ、う……あ、っ……」

秘めやかな裂け目のすぐ上で、彼の指が円を描いている。和毛《にこげ》を弄ぶようにくすぐられ、羞恥と快感に苛まれる。

指はじりじりと、ひどく緩慢な動きで裂け目のほうへと下りていく。快楽を期待するように、下腹部はトクン、トクンと脈づいている。

秘裂の中心に鎮座している花芯を、抉《えぐ》るようにして指で押し上げられた。

「ひぁあっ……！」

悲鳴じみた声を上げてフィリスは背を仰《の》け反《ぞ》らせ、両脚をがくがくと揺らした。

「……達してしまった？」

彼の言葉に、短く息を吸い込んだまま固まる。『達する』というのがどういう状態なのか、もうわかっていた。そしていまそれが起こったことも。

「………………はい」

フィリスはしばし沈黙したあと、目を伏せ、耳まで赤く染め上げて返事をした。自分ばかりが勝手に達してしまったことが恥ずかしい。穴があったら入りたいくらいだ。

いっぽうルーラントは楽しげに笑いながら起き上がった。ベッドに横たわったままのフィリスの片脚を持ち上げる。

「え、えっ……？」

困惑するフィリスをよそにルーラントはうっとりとした顔で嘆息し、彼自身を秘所にあてがう。

このまま繋がりを持つのだとわかったときにはもう、剛直の切っ先が隘路に沈みはじめていた。

淫茎は肉襞を擦りながら奥へ奥へと進んでいく。つい先ほども彼を受け入れたというのに、この圧迫感には慣れそうにない。

そして、抽送はいきなり激しかった。

フィリスの体は内側から揺さぶられ、シーツには不規則な皺が寄っていく。

「あ、ぁっ……んっ……。熱い……ルーラント様……っ」

雄杭で灼《や》かれているかのように熱い。彼の熱でなにもかも溶かされてしまいそうだと思った。

「フィリス……フィリスッ……！」

呼び声すら熱を孕《はら》んでいるのを感じながら、フィリスは目尻に涙を溜めて喘ぎ叫んだ。

鳥の囀《さえず》りを耳にしたのは久しぶりだった。

アルティア城の寝室は、近くに木がないので鳥の声は聞こえない。

——そうだわ……わたし、ベイル侯爵邸で……。

目を閉じたまま昨夜のことを思い起こす。あれから何度、彼と繋がり合ったことだろう。ルーラントの勢いはいっこうに削《そ》がれず、何度も受け止めた。

「……なんだ、朝早くから」

遠くで愛しい人の声が聞こえた。彼はきっと扉の向こうにいる。

「今日のご予定をお伺いしようと思って来たんですよ」

会話の相手はセドリックだ。

「昨夜はフィリスにかなり無理をさせてしまった。私はずっと彼女についているから、おまえは自由に過ごしていい」

「はいはい、わかりました。お幸せそうですねぇ」

それから、扉が開く音がした。

——起きなくては。せっかくハネムーンに来ているのだから。

そう思うのに、瞼が開かない。

ルーラントがすぐそばへとやってくるのが気配でわかった。髪を撫でられれば、いやがおうでも眠りへと引き込まれた。

第四章　皇帝陛下の嫉妬と束縛

「おはようございます、フィリス様」

アルティア城の主寝室から、続き間になっている私室へ戻ったフィリスのもとへアナがやってくる。

「おはよう。今日もいい天気ね」

フィリスは東に面した窓辺に立ち、昇りはじめた太陽を見た。

「本当、いいお天気で」

アナはにこにこしながらフィリスの着替えを手伝う。

「あれ……？　フィリス様、またお肌が赤くなっていらっしゃいます。このところ虫刺されが多くありませんか？」

指摘されたフィリスはぎくりとして体を強張らせる。

「えっ……ええと、その……」

ルーラントが肌に散らす赤い痕を、アナには「軽い虫刺され」だと説明していた。

しかし最近の彼は、下着に隠れて見えない部分だけでなく鎖骨のあたりや首筋にも、遠慮なくキスマークをつけていく。

「着替えの際に困る」だとか「詰め襟のドレスばかりになる」とルーラントに抗議しても「まあいいじゃないか」の一言で片付けられてしまう。

アナは心配そうにフィリスの肌に散らされた花びらを見まわしている。

「これはあまりにも多すぎます。虫除《むしよ》けをいっそう強化して、それから……そうだ、急ぎ塗り薬をいただいてまいりますね！」

「ちょっ、ちょっと待ってアナ！」

慌てて引き留め、事情を説明しようとする。

「あ、あのね……ごめんなさい。これは本当は虫刺されじゃ、ないの」

「では……いったいなんなのですか？　ま、まさか重大なご病気では……っ」

「違うわ、わたしはいたって健康よ」

アナは眉根を寄せて首を傾げている。フィリスは、なにも知らないようすのアナに一部始終を話した。

「でっ、ではこれは……フィリス様が陛下にとてつもなく愛されたという証拠なのですね⁉」

アナは顔を真っ赤にしている。

「そ、そうとは知らず……私は陛下のことを虫呼ばわりしてしまったことに……！」

今度は打って変わって青ざめているアナに向かってフィリスは言う。

「大丈夫よ、アナはなにも悪くないわ。わたしが『虫刺され』だと嘘をついたのがいけないのだから」

「いえ、いえっ……あの、とにかく……心配は無用、ということですね。はぁ……愛というのはこういう形でも示されるものなのですね……」

アナが感心したようすで頷くので、気恥ずかしくなってくる。

「それより！　アナは最近……どう？」

アナは一瞬だけ目を見開き、赤い顔のまま微笑した。ぽつり、ぽつりと話しはじめる。

「ウィリアム様が……その、私が淹れるお茶が好きだと言ってくださるんです」

「アナのお茶は本当に美味しいものね」

アナは控えめに「ありがとうございます」と言って笑う。

「ですが私は慌て者なので、ウィリアム様の前では気が動転して手間取ってしまうことがしばしばあるのです。それでもウィリアム様は……『自分のペースでいいから』と、待ってくださって。お心の広い、優しいお方です」

「そう……」

アナはもっと話したそうだ。そう直感したフィリスは「それから？」と続きを促す。

「毛織物工業の成り立ちや今後について教えてくださることもよくあります。私がお話を聞いても、お役に立つことはできないのですが」

――ウィリアム様は、将来アナを妻にしようと思ってお話しなさっているのでは……。

仕事の話をするということは、これからをともに過ごしたいというウィリアムの願望の表れではないだろうかと推測する。

「アナは、ウィリアム様のことをどう思っているの?」

尋ねずにはいられなかった。

「え、ええと……その……とても素敵な男性だと……思います」

耳まで赤くして、瞳はとろんとしている。恋をしているのは明白だ。

――ウィリアム様も、きっとアナに惹かれている。

アナがそれを自覚しているのかわからないが、話を聞いたかぎりではそのように思えてくる。それに気のない相手を毎週のように自邸に誘いはしないだろう。

ウィリアムとアナが初めて出会った舞踏会のことを思い起こす。あのときウィリアムは、アナを叱責する令嬢には容赦がなかった。彼はきっとだれにでも優しいわけではない。

――ウィリアム様にとって、アナは特別な存在に違いないわ。

あと少し、なにかきっかけがあれば彼女たちの恋は実るのではないか。そんな気がしてならなかった。

そのとき、コンコンというノック音とともに声が聞こえる。

「おはようございます。陛下は朝食の席には少し遅れるそうですので、どうぞごゆっくりお支度なさってくださいね～」

扉の向こうにいるセドリックにフィリスは「わかりました、ありがとう」と答えた。

「いえいえ」という言葉のあと、足音は遠ざかっていく。

すると思いだしたようにアナが口を開く。

「そうそう、ウィリアム様からお聞きしたのですが、セドリック様ってもとは旧王陛下の侍従をなさっていたそうです」

「あら、そうなの？」

アナは頷いて言葉を足す。

「旧王陛下の周辺には長く城に勤めた年配の侍従ばかりだったそうなのですが、その中で唯一、セドリック様だけがお若かったのだと」

「セドリックがそれだけ優秀だったということかしら」

「はい、そうだと思います。ウィリアム様はよくセドリック様のお話をなさるのですが、いつも褒めていらっしゃいます。セドリック様は旧王陛下のあとは前皇帝陛下に、そしていまはルーラント陛下にお仕えしていらっしゃるそうです」

博識で優秀だからこそ、歴代の王に仕えているのだろう。ルーラントとセドリックのあいだには気安い雰囲気がある。

——わたしが知らないルーラント様をたくさん知っていらっしゃると思うと……セドリックが少し羨ましい。

支度を整えて食堂へ行くと、なにやら慌ただしかった。

アナが食堂つきの侍女に「どうかなさったのですか？」と尋ねる。

「それが……毒味役の方が体調を崩されまして……まだ朝食のご用意ができておりません」

「え……!?」

それでルーラントの姿も見えないのか。

「陛下はいまどちらに？」

フィリスが尋ねると、食堂つきの侍女は「厨房横の控え室かと思います」と教えてくれた。

フィリスは食堂を出て、早足で厨房があるほうへ向かう。

厨房横の控え室には、毒味役の下男が青い顔で寝ていた。その横にルーラントはついている。

「ああ、フィリス……」

「毒味役の方が体調を崩されたと、お聞きしました」

ルーラントは渋い顔で頷く。

「毒の種類は判明している。解毒剤は飲んだから、あとは回復を待つだけだ」

反対側で待機していた医者が「毒は少量だったようです」と言葉を足した。

下男がうっすらと目を開けて「う……」と声を漏らす。ルーラントは身を乗りだして下男の顔を覗き込んだ。

「気分はどうだ？」

「ああ……陛下……。お声をかけていただけるなんて……」

下男は弱々しく笑っている。

「社交辞令はいい」

ルーラントが絞りだすように言った。

「いいえ、本当に……嬉しいのです。僕は平気です」

にこっと笑い、下男は言葉を続ける。

「いつも、陛下がお召し上がりになるお料理を先に食べることができて幸せなのです。これからも……僕に毒味を続けさせてくださいね……」

ルーラントは険しい顔をしたあとで、辛そうに笑みを形作り「頼む」とだけ声をかけた。

下男がまた眠りはじめたので、その場から離れ、皆で厨房へ行く。

料理長の姿はなく侍女が壁際で不安そうな顔をして立っていた。すっかり冷めきったようすの料理がテーブルに並んでいる。

「人為的なものなのかも含め、毒の混入経路はいま洗いだしているところだ。すまないな、フィリス。食事はいつになるかわからない」

「いいえ、とんでもございません！　わたしのことはどうぞお気になさらず」

――それにしても、いったいどこから毒が……。

食材の入手経路は厳重に管理され、調理中にいたっても監視下にある。したがって毒の混入は極めて難しいはずだ。

「あら……？」

香ってきた料理の匂いがいつもと違うような気がした。

料理に鼻を近づけて、すんすんと匂いを嗅ぐ。

「……なんだか、おかしな匂いがします」

そばにいたルーラントをはじめ、侍従や侍女たちも皆が一様に首を傾げる。

「私にはよくわからないが……」

ルーラントがセドリックに目配せをする。

「僕もです。美味しそうな匂いですが」

フィリスはすぐそばにいたアナに「変な匂いがしない？」と尋ねる。

「いいえ、私にも……香ばしい匂いかと思います」

ルーラントは「ふむ」という具合に顎に手を当ててフィリスに問う。

「フィリス、具体的にどんな匂いだ？」

「そうですね……。こう、鼻にツンとくるような……刺激のある感じです」

そこへ、隣室にいた医者が顔を出した。

「これは驚いた。この料理に混入していた毒は確かに刺激臭がします。しかし、料理に混入された状態ではまずわからない。それを嗅ぎ分けられるとは、皇妃殿下は類《たぐ》い希《まれ》なる嗅覚をお持ちのようだ」

その場にいた全員からいっせいに注目されたフィリスは頬を上気させる。

フィリスは思いついたように言う。

「あ……そうだわ。毒味役の方がお料理を食べる前に、まずはわたしが匂いを確かめてみるというのはどうでしょう？」

「ああ、なるほど……それはいいな。しかし……」

隣室から顔だけを出していた医者を、ルーラントは手招きで厨房に呼ぶ。

「混入していた毒は、匂いを嗅ぐだけでも害があるか？」

「いえ。少々嗅ぐ程度ではなにも問題ございません」

「よし。それならば、毒味役が口に入れる前にフィリスが匂いを確かめるというのは、良策だ。毒の有無をわかりやすくするために、これから当面のあいだは料理そのものの匂いがあまりないメニューにするよう料理長に頼むとしよう」

するとセドリックは「伝えてまいります」と言い、厨房を出ていった。

主寝室から夜空を見る。窓の向こうには、いまにも消えてしまいそうな三日月があった。

ルーラントの晩酌のワインは未開封のものが部屋へ運ばれてくる。

ワインの製造過程において毒物等の混入には細心の注意が払われているため、未開封であればほぼ安全である。

そのため、ルーラントが自らコルクを開けることになった。

彼自身も「そのほうが他者を疑わずに済む」と言って、自分ですることを面倒がりはしなかった。

「料理長をはじめ厨房にいた全員の取り調べが済んだ。毒を所持していなかったことはもちろん、不審な動きをしていた者もいない」

「そうですか……。では毒は偶然、混入してしまったのでしょうか？」

「いや……まだ断定はできない。毒という言い方をしているが、混入していたのは厩舎《きゅうしゃ》の清掃に使われるものだ。なにかの弾みで料理に紛れ込んだ……とは考えづらい。馬丁が厨房へ立ち入ることはないからな」

ソファの背に体を預け、顎に手を当ててルーラントはなにやら考え込んでいる。

フィリスはグラスを布巾で拭いたあとでワインを注ぎ、匂いを確かめた。いつもどおり芳醇な香りがすることに安心する。

毒の混入経路が不明である以上、警戒は怠れない。

ルーラントはフィリスからグラスを受け取ると、ぐいっと一気に呷った。

――いったいだれが毒物を……？

刺激臭は二日続けてだったり、三日空けてだったりと、香る頻度はばらばらだ。

フィリスが「おかしな匂い」だと感じた料理は専門機関に送られ調査される。いまのところ百発百中で毒物が混入している。

毒味役の下男はあれ以来、体調を崩すこともなく元気だ。

ルーラントは空になったグラスをローテーブルの上に置いた。フィリスはすぐにワインを注ぐ。赤い液体が、不意に生き血のように見えた。

「他人《ひと》の命を盾にするような真似《まね》は、本当はしたくない。命の重みは立場に関係なく、皆平等だ。この国の民も、城の者も……私が守るべき存在」

赤いワインで満たされたグラスを手に取ったルーラントは、今度は飲み干さずに一口だけ啜《すす》って、ふたたびテーブルの上に置いた。

「ですが、ルーラント様になにかあればアルティアは立ちゆかなくなります」

フィリスは押し殺した声で言う。そのような事態を想像すると、それだけで背筋が凍り、指先が震えだす。

「ルーラント様になにかあったら、わたし……っ」

しだいに震えは全身に広がり、瞳には涙の膜が張った。

――ルーラント様は先ほど、命の重みは立場に関係なく平等だとおっしゃったのに……。

それなのに、彼がいなくなってしまうことだけは、どんな手を使ってでも阻止しなければならないと考えている。

フィリスは激しい自己嫌悪に陥った。

彼のことがなによりも大切で、なによりも尊い。自分や他者の命よりも、ルーラントこそが優先されるべきだと思ってしまっている。

――わたしは皇妃として、アルティアすべての民を愛さなければならないのに。

フィリスは額を押さえて下を向く。いま、彼の身の安全は守られている。気を確かに持っていなければ。想像しただけでうろたえてどうする、と自身を叱咤《しった》した。

「フィリス？　どうしたんだ、そんなに泣いて……」

いつのまにか涙が目の外へと零れていた。とめどなく溢れて頬を滑り落ちていく。止まらない。

落ち着こうと思えば思うほど呼吸は荒くなり、動悸《どうき》が激しくなっていった。

フィリスは切れ切れに言葉を紡ぐ。

「わ、わたし……ルーラント様が、いちばんなのです。あなたのことが、いちばん大切で……だから……わたしは、なんて勝手なのでしょう……！」

両手で顔を覆い、嗚咽《おえつ》を漏らすフィリスの頭と体をルーラントは力強く掻き抱く。

「すまない。泣かせてしまった」

ぶんぶんと首を振る。泣いたせいか、頭が痛んだ。

「ルーラント様の、せいなどでは……。わ、わたしが……いけないのです」

彼の胸に縋りつき、その存在を確かめる。

ルーラントはいまここにいる。

彼の温もりが、安心をくれる。

背中を一定のリズムでぽん、ぽんと軽く叩かれた。落ち着いてくる。

「きみを悲しませるようなことにはならない、絶対に」

意志のこもった声だった。彼を喪うかもしれない恐怖で凍《い》てついていた心が溶けていく。

フィリスは声もなく頷いた。

「毒味役について……心苦しい思いはあるが、必要だ。私が皇帝としての務めを果たそうとするのと同じで、彼も毒味という役割に誇りを持っている。そんな彼が、たびかさなる犠牲を強いられずに済んでいるのは、きみが毒物の混入を探り当ててくれるおかげだ」

彼が大きく息を吸うのがわかる。

「きみが、どれほど私を救っていることか……」

フィリスの耳元でルーラントは「ありがとう」と言葉を紡ぐ。

先ほどまでとは異なる理由で目頭が熱くなり、ぼろぼろと涙を流す。

「……涙が止まらないな？」

冗談めかして言う彼を見つめながら、フィリスは瞳に涙を溜めたまま笑った。

役に立てて嬉しい反面、いったいだれがという疑念は日増しに深まっていく。


麗《うら》らかなぽかぽか陽気の下、フィリスはアナと一緒に城の庭を散歩していた。

城門のほうから歩いてくるダニエルを見つけ、早足で弟に近づく。

「ダニエル！」

「ああ、姉様。ごきげんよう」

「ごきげんよう。今日はどうしたの？」

「セドリック様とウィリアム様に会いにきたんだ」

ダニエルは嬉しそうに続ける。

「セドリック様にはアルティアの歴史について、ウィリアム様には事業についてお話を聞くことになってて」

ウィリアムの名前が出たとたん、お腹のあたりできちんと組まれていたアナの両手がぴくっと動いた。

「わたしも一緒に行っていい？」

そうすればアナはウィリアムと話ができるかもしれないと思った。

「いいんじゃないかな。姉様がいらっしゃれば僕も嬉しい」

三人でサロンへ行く。セドリックとウィリアムはすでにそこで待ってくれていた。

「おや、皇妃殿下まで。どうなさったのですか？」

「わたしも、久しぶりにセドリックの講義をお聞きしたくて。ご一緒してもよろしいでしょうか？」

「ええ、もちろんです。ウィリアム様も、よろしいですよね？」

セドリックが尋ねると、ウィリアムはほほえんで「もちろん」と答えた。その視線はフィリスではなく、その後ろに控えているアナへ向けられている。

フィリスは椅子に腰掛ける。

「どうぞ、アナさんも椅子にお座りくださいな」とセドリックが促す。講義相手が増えたからか、上機嫌だ。

アナは驚いたようすだったが、フィリスはすかさず「ありがとうございます！」と答え、アナに隣の椅子を勧めた。ウィリアムの斜め前だ。

アナはおどおどしながらも、品良く椅子に座る。

セドリックが話しはじめても、ウィリアムはアナを、アナはウィリアムばかり見ていた。

——やっぱり、ふたりは想い合っているのでは⁉

フィリスはセドリックの講義そっちのけでそのことばかりが気になる。

ウィリアムが口を開くと、アナは爛々《らんらん》とした瞳で彼を見つめるのだ。ウィリアムのほうも、アナにだけは特別な視線を向けている気がした。

講義が終わり、サロンを出て私室へ戻る。

「紅茶を淹れますね」

「ええ、お願い。ふたりぶんね」

「ふたりぶんですか？　どなたかいらっしゃるご予定でしたっけ」

アナは慣れた手つきで紅茶を淹れる。

「もうひとつはアナのぶんよ。さ、座って」

「え、えええっ」

ソファの向かいにアナを座らせて、じっと見つめる。

「～～っ。あの……私、正直にお話しします。そう、お約束しましたもんね」

フィリスは黙って頷くことでアナに言葉の続きを促す。

「ウィリアム様のことが、好きです」

「……！　それは、異性として慕っているという意味なのよね？」

「は……はい……。申し訳ございません」

「どうして謝るの？」

「私とウィリアム様では立場が……違いすぎますので。想うことすら罪のような気がして」

「そんなことないわ！」

皇妃然とした態度ではないとわかっていても、つい前のめりになってしまう。

「だれかを慕う気持ちを、だれも縛ることなんてできないって……思うの。身分や立場に差があったとしても、気持ちだけは……！」

身分を越えた恋には、現実的に様々な問題があるのはわかっているが、気持ちの面から後ろめたさを感じていてはきっと立ちゆかなくなる。

「それで、ウィリアム様からお気持ちを聞いたことは？」

アナは目を伏せる。

「……ありません。確かめるのが……怖いのです」

フィリスはなにも言えなくなる。

——端から見れば、ふたりは相思相愛のように思えるのだけれど……。

しかし不用意にそんなことは言えない。ウィリアムに確かめてみなければわからないことだ。

フィリスは唇を噛みしめて、もどかしさを募らせる。


これから暖かくなっていくはずなのに、今日はいやに肌寒い。

フィリスは夕方から催される、ボルスト侯爵主催の舞踏会に出席するべく準備に入っていた。

流行の、胸まわりが開いたものにするか、あるいは伝統的な、胸元がしっかり覆われたものにするか。衣装担当の侍女たちが悩みに悩んでいるあいだ、フィリスはまったく違うことを考えていた。

ルーラントの食事にのみ混入される毒物については相変わらずだった。あったりなかったりが続いている。

——ルーラント様はどうしてなにも教えてくださらないのかしら……。

この二週間というもの、彼に毒の混入経路を尋ねても、どことなく歯切れが悪くいつも言葉を濁している。

彼は、なにか摑んでいるのではないか。そう思えてならない。

ふとアナを見れば、その顔は赤く、ぼうっとしていた。フィリスは侍女の額に手を当てる。とてつもなく熱い。

「アナ！　熱があるじゃない」

「え……？」

今朝は急に肌寒くなったので、それで風邪を引いたのかもしれない。

──ウィリアム様のことを想うあまり眠れない日々が続いているのかも⁉

フィリスは心の中であれこれと想像する。

ともかく、こんなにも熱が高いアナを舞踏会へ連れていくなど言語道断だ。

「今夜は別の侍女に付き添いを頼むから、アナはお医者様に診てもらってゆっくり休んで？」

「ですが……」

「無理をしては、治るものも治らないでしょう？」

アナはしぶしぶ頷いたあとで「申し訳ございません」と謝る。

フィリスは、別の侍女に医者を呼ぶよう言い、アナを宿舎へ連れていった。

医者が「ただの風邪ですな。寝ていれば治ります」と診断したので、ひとまず安堵《あんど》する。

「このような場所にまで付き添ってくださって……」

ベッドの中で瞳を潤ませて申し訳なさそうにしているアナに、フィリスは「気にしないで。しっかり静養してね」と言って別の侍女と一緒に宿舎を出た。

私室に戻るなり舞踏会への準備を慌ただしく再開する。

そうしてなんとか出発時間に間に合った。

「支度を急がせてしまってごめんなさいね」

元々アルティア城に勤めていた老年の侍女に声をかける。今夜はこのベテランの侍女に舞踏会の付き添いを頼んだ。

「とんでもございません。皆に等しくお優しい皇妃殿下にはだれもが救われるところでございます」

「まあ、そんな……ありがとう」

それからは早足で城のエントランスホールへ向かう。すでにルーラントの姿がある。

「ルーラント様！　申し訳ございません、お待たせしてしまいました」

「いや……」

彼はフィリスをじろじろと見る。

「きみの支度を待つのはどれだけだって苦にならない。きれいだ、フィリス」

腰を抱かれ、唇にキスされそうになる。ところが彼は唇に触れる直前で、くちづける箇所を頬へと変えた。

「……舞踏会が終わったら、唇に……する」

まわりには聞こえないような声で囁かれ、赤面する。

ドキドキと胸を高鳴らせながら馬車に乗った。その後もずっと視線を向けられる。

「ふだんのドレスよりも……少し、露出が多いな？」

「こういったものが、いま流行なのだそうです」

付き添いをすることになった老年の侍女の一声で流行のドレスに決まった。いつもより胸元が開いた、紫色のドレスだ。

ルーラントは不満そうに「ふうん」と相槌を打つ。

「だが……ほら、こうして容易く指が入ってしまう」

「ひゃっ⁉」

胸の谷間に指を挿し入れられ、動転する。

「ル、ルーラント様！」

咎めるように名を呼んでも、彼は素知らぬ顔だ。フィリスの谷間に沈めた指を楽しそうに泳がせたあとでそっと指を引き抜く。

「危うくて見ていられない。ずっとショールを羽織っていたほうがいい。持ってきているのだろう？」

「はい、そうします。お願いですから……皆様の前では、このようなことなさらないでくださいね？」

皇帝陛下としての威厳にかかわるし、なにより恥ずかしい。フィリスは頬を赤くしたままルーラントを睨む。

「んん……きみもなかなか妻らしくなってきたな」

ルーラントはいやに嬉しそうだ。

「しかし、そんな顔で睨まれるとますます触りたくなる」

胸元をちゅうっと吸われ、キスマークができる。

「舞踏会はこれからですのに……！」

彼はいたずらっぽく笑うばかりだ。

「だからこそだ。私のものだという印を、もっとよく見えるところにつけたいくらいだ」

「わたしはルーラント様のものだと、もう皆さんご存知ですから」

言っていて恥ずかしくなったが、きちんと伝えなければと思った。

「世には、他人の妻だからこそ欲しがる不逞《ふてい》の輩《やから》もいる。結婚しているからといって油断はできない。社交界には、きみを攫《さら》っていこうとする男が溢れている」

「まさか、そのようなこと！　大丈夫です。ルーラント様に楯突《たてつ》く方なんていらっしゃいませんん」

皇帝陛下の意に沿わぬことをすれば破滅だ、とだれもかれもが言っているのをフィリスは知っていた。

ルーラントは社交界でほほえみを絶やさない。それがかえって周囲に恐怖感を与えている。

ほほえんだまま、使えぬ者はばっさりと切り捨てる。失態は一度だけしか許されない……など、ほとんどがアナから聞いた話だが、ルーラントはまわりからたいそう恐れられている。

――けれどそれは、ルーラント様がご立派に仕事をなさっているということだわ。

有能な人物を重用するのはアルティアのためだ。取捨選択はやむを得ない。だからといって、ルーラントが任を解いた者も、極端に冷遇されるわけではない。きちんと別の役割を与えられている。彼は適材適所を第一に人選しているだけだ。

そんな彼を尊敬している。周囲の人々も同じだと思う。統治者への畏怖は尊敬の念と表裏一体だ。

「どうぞご安心ください、ルーラント様。わたしに言い寄る方なんて絶対にいらっしゃいませんから」

ルーラントの気に障るような行いは命知らずもよいところだと周囲は考えているのだと訴えたくて必死に進言するも、ルーラントはため息をついて「きみはなにもわかっていない」とぼやくだけだった。

馬車が停まり目的地に着く。

ボルスト侯爵邸へは、以前茶会に行ったきりだった。ダンスホールに入るのは初めてである。

「皇帝陛下、皇妃殿下。ごきげんうるわしゅう」

「今宵もおふたりにお目にかかることができ光栄の極みです」

回廊を抜けて大扉からホールの中へ入るなり、男女を問わず大勢の貴族たちに囲まれる。

フィリスもルーラントもにこやかに応えていった。

楽団がワルツを奏ではじめたので、皆が踊りだす。

「私と踊っていただけますか、皇妃殿下」

ルーラントが、いたずらっぽくダンスに誘ってきた。

「はい、陛下。喜んで」

フィリスはくすっと笑いながら彼の手を取る。

今宵の彼は、銀地に幾何学の地模様が描かれた重厚なジュストコールと、黒いブリーチズに編み上げのブーツを履いていた。

「今夜のルーラント様も、すごく素敵です」

フィリスが惚けた調子で言ったからか、ルーラントは少し困ったように微笑する。

ふたりは親密に寄り添ってステップを刻む。

「きみは人気者だな」

「わたしというか……ルーラント様です。あなたのおそばにわたしがいるから、皆さんがお集まりになるのです」

「……そうだろうか」

彼は笑ってはいるが、どこか納得がいっていないようすだ。

突如、唇を押し当てられる。あまりにも急なことだったので、目は開けたままだった。

ちらりと周りを見れば、何人もの貴族たちと目が合った。ルーラントはいつだって人目を惹く。

――舞踏会が終わったら、とおっしゃっていたのに……！

彼の唇が紅くなってしまってたのを見て、ますます気恥ずかしなる。うまくステップが踏めずにもたついてしまう。

「……どうした？」

「く、唇へのキスは……舞踏会が終わってからと……」

赤くなっているフィリスを、ルーラントは舐めるように見まわす。

「初心《うぶ》な反応をされるとたまらないな。……夜はあんなに乱れるのに」

頭の中が沸騰しそうだ。もつれそうになる足を、なかば強引にルーラントが正しく導く。

「舞踏会が終わってからも、もちろんする。唇に」

官能的なキスを予告するように指で辿られ、囁き声にぞくりとする。

「ルーラント様、色気が増していらっしゃいます！」

小さな声でそう言えば、笑い飛ばされる。踊っているあいだ、彼はずっと楽しげだった。

ルーラントとのダンスを終えると、次はデレクに誘われた。主催者とのダンスは、あらかじめ決められていたことだ。ルーラントのほうもデレクの妻ボルスト侯爵夫人と踊ろうとしている。

体が密着することのない、ごく儀礼的なダンスだ。

「皇妃殿下は毒の匂いを嗅ぎ分けられるそうで」

唐突に話しかけられたフィリスは目を瞬かせながら「はい」とだけ返事をした。

「ですが、あまり派手なことはなさらないほうがよろしい。要らぬ噂が立つやもわかりません」

「それは……どういう意味でしょうか」

「さてね。私は心配性なもので」

フィリスは無言でデレクを見上げる。

「ボルスト侯爵は、陛下のお食事に混入する毒についてどのようにお考えでしょうか」

「そうですなぁ……。まず内部犯で間違いないでしょう」

「城に勤める者の仕業だと？」

「ええ、そうです。陛下のごく身近な人物……皇妃殿下、たとえばあなた」

つい足を止めてしまう。

「そのようなこと、わたしは絶対にいたしません」

大声で叫びたいのをぐっと堪え、抑えた声で抗議してステップを刻む。

――この方、本当に嫌味だわ！

よくルーラントが言っていることをフィリスも実感する。人の神経を逆撫《さかな》でするのがうまい。

そしてその発言が、本気なのかそうではないのかわからないところもまた嫌だ。

「可能性の話をしているだけですよ。そう、むきにならないでください」

「……そうだとしても、面と向かって嫌疑をかけられるのは……気持ちのよいものではありません」

「それはそうですな。失礼しました、皇妃殿下」

ルーラントとのダンスはあっという間だったのに、デレクとのそれはやけに長く感じた。

踊り終わる頃にはすっかり疲れきってしまう。

「フィリス、疲れたのか？」

デレクを追い払うようにしてルーラントがそばに来てくれる。

「はい、少し……」

「あちらで休んでいるといい。私は要人たちと話してくる」

「そうさせていただきます。申し訳ございません」

「気にするな。私のほうこそ、そばにいてやれずにすまない」

フィリスはほほえんだあとでふるふると首を振った。

デレクは嫌味だが外交手腕には長けている。この舞踏会には、めったに社交の場に姿を現さない外国の要人も来ている。そういった人々と話をして国同士の絆《きずな》を深めるのも皇帝であるルーランドの務めのひとつだ。ずっとついていてもらうわけにはいかない。

ルーランドはフィリスを壁際の椅子へと連れていったあとで、ホールの中央へと戻った。

老年の侍女から飲み物を受け取り、一休みする。

しばらくすると顔見知りのレディたちがやってきたので、そのまま談笑することになった。

「それにしてもホールは暑いわね」

アルティア城のダンスホールは広大だからそれほど熱気がこもらないが、ここボルスト侯爵邸はホールの大きさのわりにゲストが多い。

「テラスへ出て夜風に当たってはどうかしら」

皆で一緒にテラスへ出る。ルーランドは相変わらず外国の要人たちと話し込んでいる。

「風が少し強いけれど、これくらいが気持ちがよいですわ」とレディのひとりが言うと、皆一様に「そうですわね」と同調した。

フィリスも、ホールは蒸し暑いと感じていたので大きく頷く。

ふと、庭を囲む回廊の端に佇《たたず》んでいるウィリアムを見つけた。

「あら？　あちらにいらっしゃるのはウィリアム様よね」

「あのようなところでおひとり……どうなさったのかしら」

「ええ、本当に……。でもなんだか、近寄りがたい雰囲気ですわね……」

ここにいるのは未婚のレディたちばかりだ。フィリスは「わたし、聞いてまいりますね」と言い、老年の侍女と一緒に回廊の端へと歩きだす。

回廊には冷たい風が吹きすさんでいた。

柱の背にもたれていたウィリアムだが、フィリスに気がつくと襟を正す。

「ごきげんよう、皇妃殿下」

ウィリアムはちらりと侍女を見る。

老年の侍女は見るからに寒そうだった。フィリスは侍女に、風があまり当たらない柱の陰で待つように言って距離を取る。こうすれば侍女は寒さを幾分か凌《しの》げるし、これくらい離れていれば、ウィリアムとの会話は聞こえないだろうとフィリスは思った。

侍女が離れると、ウィリアムは抑えた声で話しかけてくる。

「今日はアナがいないようですが」

「気になりますか？　アナのこと」

「……ええ。あなたと彼女はいつも一緒だから」

「アナは……床《とこ》に臥《ふ》せっております」

ウィリアムは心底驚いたようすで目を見開き、眉間に皺を寄せてうろたえた。

「そんな、どのような状態なのですか」

「ウィリアム様にお話しするようなことではございません。わたしの侍女ですから」

意地の悪い言い方だと承知の上で、ウィリアムの反応を見る。

――だって、確かめたい。ウィリアム様がアナのことをどう思っているのか。

単純に質問したところで彼は答えてくれないだろう。それならば多少の揺さぶりは必要だ。

彼は、ふだんの貴公子然とした雰囲気とはまったく異なる形相でぎりっと奥歯を嚙む。

この態度だけでも、彼のアナに対する想いがわかる。

しかし、生半可な気持ちでアナに接してほしくないという思いもあった。

彼は貴族で、アナは爵位のない平民。アナのほうが劣っていると思っているわけでは決してないが、その身分差はなにがどうあっても埋まらない。

ふたりが愛を育むには、相当な覚悟が必要になる。

その覚悟が、ウィリアムにはあるのだろうか。いますぐにすべてを推し量れるものではないとわかっていながらも、彼を試さずにはいられない。

「ですが、ウィリアム様がアナのことを特別だと思っていらっしゃるのならお教えします」

遊びならば――興味本位ならば――アナに近づいてほしくない。フィリスはアナの姉のような心持ちでいた。

ウィリアムは碧い瞳を小さく揺らす。ルーラントの血縁だからだろう、瞳の色がよく似ている。

「……アナのことが好きです。彼女のいない舞踏会になんて、出席する価値がないと思うくらいに」

彼が悲しみに打ちひしがれているのがよくわかった。それで、こんなところにひとりでいたのか。

「今夜だって、あなたが彼女を連れてきてくれると期待していたのに……」

眉根を寄せるウィリアムを、フィリスはじいっと見つめる。

「アナのことが好き、とおっしゃいましたね。具体的にどのようなところが?」

もしも見当違いの答えが返ってくれれば、ウィリアムは本気ではないということになる。

我ながらしつこいとは思うが、ウィリアムの気持ちの大きさを確かめたかった。

ウィリアムは顎に手を当てると、頬を赤らめた。アナのことを思い起こしているらしかった。

「好きなところは、数えきれないほどありますが……そうですね。アナは少し慌て者で……要領が悪くて」

ウィリアムの言葉を聞きながら首を傾げる。彼はいまのところアナの美点をひとつも語っていない。

それでもフィリスはウィリアムの話を黙って聞いていた。

「空回りすることもあって、危なっかしくて……放っておけない。惹きつけられて、目が離せなくなるんです。彼女はなんにでも一所懸命で、ひたむきだ。私に……心からの言葉をくれる。嘘偽りがなく純粋で、なにをしていても可憐で……どこか儚くもある。そんなアナがかわいくて、愛しくて……顔を思い浮かべるだけで胸がいっぱいになる」

彼が話し終わると、フィリスは口元に手を当てて目を瞬かせた。

──なんて熱烈な愛情なの！

にやけてしまう。一刻も早くアナに伝えなければと思う。

──アナもきっと、ウィリアム様と同じように真っ赤になって喜ぶわ。

顔を綻ばせるフィリスを見て、ウィリアムは自分の発言を顧みたらしく、急にそっぽを向いた。耳まで真っ赤にして、気恥ずかしそうに咳払いをする。

「私は正直に打ち明けました。教えてください、皇妃殿下。アナの具合は？」

フィリスは彼のようすを注意深く観察する。その瞳は覚悟を秘めているような気がした。

「アナは熱で寝込んでいます。医者の話では軽い風邪だと。二、三日でよくなるでしょうと言われました」

するると彼はあからさまに安堵したようすで「そうですか……」と胸を撫で下ろした。

「私がアナを好きだということ……他言しないでいただきたい。アナ本人にも」

「なぜですか？」

「いまはまだそのときではないと、思っています」

ウィリアムは息をつき、窺うようにあたりを見まわす。

「……皇妃殿下、もうお戻りになったほうがいい」

彼の言うとおりだ。ウィリアムのようすを見てくると言ってここへ来たので、あまり長話をしていてはまずい。

「はい。失礼いたします」

お辞儀をして、テラスにいたレディたちと合流する。一瞬、ホールへ続く扉のあたりにセドリックの姿が見えたようだった。

レディたちが「いかがでしたか？」と訊いてくる。

「ウィリアム様も、ホール内が少し暑く感じたそうで、夜風に当たっていらっしゃったそうです」

「まあ、そうですの。ウィリアム様はああして佇んでいらっしゃるだけで絵になられるわ」

レディたちは惚けたようすでウィリアムを眺めている。

――ウィリアム様はやっぱり社交界で人気があるのだわ。

彼自身も、そしてアナもそのことをよくわかっている。だからこそふたりとも慎重になるのだ。ウィリアムはアナに本気になってしまったからこそ、きっと以前のように気軽には動けないのだと察せられる。

ウィリアムは、アナが要らぬ嫌がらせを受けないように。アナは、ウィリアムによからぬ噂が立たないようにと、互いに気遣っている。

しかし彼はどうするつもりなのだろう。

いまはまだそのときではないと言っていたが、なにか策はあるのだろうか。

フィリスはその後もずっと気をもんだ。


ボルスト侯爵邸での舞踏会が終わり城の主寝室に戻ったフィリスは、隣でむすっとしている夫の顔色を窺っていた。

――ルーラント様、どうなさったのかしら……。

彼は帰りの馬車でも口数が少なく、いまもなおそうだ。フィリスが注いだワインを、怖い顔で呷《あお》っている。

「あの……ルーラント様。どうなさいました？」

ルーラントは唇を引き結んだまま目線だけをこちらに寄越す。

「わたしの前ではありのままで」と言ったのはフィリスだ。しかし、ほほえみを浮かべず押し黙っている彼というのは……少し怖い。身勝手な考えだ、とフィリスは自身を省みながらルーラントの言葉を待つ。

「きみとウィリアムが回廊の端で密会していたと……セドリックが言っていた」

フィリスは弾かれたように目を見開く。ルーラントはそんなフィリスを見て眉間の皺を深くする。

「あいつの悪い冗談……だと、私は思っている」

しばしの沈黙があった。

「ウィリアム様とお話をしたのは……本当ですが、決してやましいことをしていたのではなく、ふたりきりでもありませんでした。柱の陰になっていたかもしれませんが、そばには侍女がいました」

「そうだとしても、皇妃が未婚の男とこそこそ話すのは外聞がよくない」

侍女には話し声が聞こえないよう距離を取って待たせた。彼の言うことは尤もだ。

いま思えば、ウィリアムには手紙を出して真意を問うことだってできたはずだ。わざわざあの場で単身、聞きにいく必要はなかった。

フィリスは自身の軽はずみな行動を反省する。

「申し訳ございません……」

しゅんと頭を垂れるフィリスを見て、ルーラントは苛立ったように唇を噛む。

「ウィリアムとなにを話していた？」

顔を上げて、内容を話そうとするも、ウィリアムが「他言しないでいただきたい」と言っていたのを思いだす。

「その……」

それきり口を噤《つぐ》む。ルーラントの視線が、突き刺さるように痛い。

フィリスは彼と目を合わせていることができずに俯き、先ほどと同じように「申し訳ございません」と謝った。

「言えないのか？」

ルーラントが勢いよく立ち上がったので、驚いて顔を上げる。

長身の彼に見下ろされると、凄まじい威圧感だった。

有無を言わさず抱きかかえられ、ベッドへと運ばれる。

シーツの上へと放りだされるのではと思ってしまう勢いだったが、そうはならなかった。

ルーラントはそっと、壊れ物を扱うようにフィリスをベッドに下ろした。それから、フイリスの髪に結ばれていたリボンをひゅっと勢いよく解く。

突然のことに、フィリスはびくりと肩を弾ませる。

ルーラントは薄紫色のリボンを手繰り寄せながらフィリスに問う。

「……私が怖い？」

なにも答えられない。ルーラントは、いまだかつて見たこともない悲痛な面持ちをしていた。

「無理をして笑わずともよいと、きみは言った。ありのままでいいと……」

これがありのままの彼なのだ。怒りに満ちた表情をしていても、やはり好きだと思ってしまう。

「どんなルーラント様も……愛しております」

フィリスは声を絞りだす。ルーラントの眉間の皺は消えず、そのままだった。

――ウィリアム様とのことを怒っていらっしゃるのだわ。

どう説明すればよいのだろう。アナとのことを伏せて、彼が納得するよう話さなければならないのに、うまく考えがまとまらない。

逡巡するフィリスの両手首を、彼が頭上で一纏《ひとまと》めにする。

「え……？」

瞬く間にリボンで手首を拘束された。ベッドヘッドの柵と一緒くたに結われてしまったので、身動きが取れない。

「きみが本当のことを言うまでこのままだ」

怒りを必死に抑えているような、くぐもった声だ。

ナイトドレスはとろりとした生地だった。襟のフリルを彼の指先が撫でていく。

くるみボタンを外された。決して性急な動きではないというのに、ボタンをひとつ外されるたびに緊張していく。

手首を動かせない状態だからか、つい身構えてしまう。

ナイトドレスの前がはだけてシュミーズが露わになる。下着のボタンは後ろ。両手を上げた状態なので、脱ぐことはできない。

「これは……捲り上げるしかないな」

独り言のように呟いて、ルーラントはシュミーズの下端を掴む。

「め、捲り上げる……!?」

フィリスがうろたえても、ルーラントはお構いなしにシュミーズを引き上げていった。

「あ……っ」

煌々《こうこう》とした壁掛けランプの明かりに、ふたつの膨らみが照らしだされる。

とっさに隠そうとして、でも両手は動かなくて、なすすべなく頬を染めるだけになる。

そんなフィリスをルーラントはまじまじと観察する。

「縛られて興奮している？　フィリス」

朱を帯びた頬を人差し指で押される。長い指はそのまますするすると下降していく。

「ふ……ぁ、っ」

指は膨らみの稜線を上り、薄桃色の箇所へと辿りつく。

「無垢《むく》な色をしているくせに、淫靡に尖っている」

「……っ‼」

気づかないふりをしていた。じかに触れられてもいないのに、胸の先端がすっかり尖っていることを、指摘してほしくなかった。

「うぅ……」

フィリスは呻いて、顔を背ける。ところがルーラントの左手によって前へと戻された。まるで「背けることは許さない」と言わんばかりに唇を塞がれる。

「んっ……ん、ふ……っ」

なにもかもを征服しようとするような、情熱的なくちづけ。何度も食まれ、呼吸すらもすべて呑み込まれてしまい、息をするのを忘れそうになる。

乳房は鷲摑みにされ、ぐにゃぐにゃと揉みしだかれる。

唇を離したルーラントは、心なしか息が上がっていた。唾液に濡れたフィリスの唇を指で軽く撫でたあと、すぐに膨らみの中心へと移動する。

「あぁ……あっ……」

熱いキスで尖りきってしまった胸飾りをつん、つんっとつつかれる。そのたびにフィリスはびくっ、びくっと全身を弾ませた。

彼の指は調子づいて、胸のいただきをふたつとも素早く嬲りはじめる。

「ふぁ、あっ、あぁっ……！」

フィリスはベッドに磔《はりつけ》にされたまま快感に悶える。

彼は快くなることしか、しない。そうわかっているから、縛られていてもまったく怖くない。

――ルーラント様の言うとおりだわ。

両手首を拘束されて自由がなくなったことに、ひどく興奮している。胸飾りを嬲られれば嬲られるほど、快感は膨れ上がって下腹部を刺激する。

フィリスが足の付け根を滾《たぎ》らせていることがわかったのか、ルーラントは片手でドロワーズのクロッチ部分を払った。

「ひゃ……！」

秘所を覆うだけの布は、そうして払いのけられるとすぐにはだけて、淫唇が明るみに出る。

脚は自由に動かせるのでとっさに閉じたが、彼の大きな手のひらで片方を押し上げられてしまい、隠すことができない。

ルーラントはフィリスの秘めやかな箇所をつぶさに見つめる。

シュミーズもドロワーズも、一応は着たままだ。すべて脱ぐのではなく、乳房と秘所だけを彼の目に晒しているのがたまらなく恥ずかしい。性感帯だけが剝きだしになっているこの恰好は、卑猥《ひわい》そのものだ。

それを彼に見られることで、さらに疼く。下腹部には甘い熱溜《だ》まりが生まれていた。

彼はフィリスの脚の付け根へと顔を近づける。

「蜜が……零れて、美味しそうだ」

官能的な薄ら笑いを浮かべ、舌なめずりをしている。ドクンと胸が鳴った。

「や……やっ、だめです……！」

「なにが？」

「それは……そ、その」

「フィリスの美味しそうなここを……これから舐めるのだとは、一言も言っていないが」

淫唇を指で辿られ、腰を捩る。

「んぁ、あっ……」

花芽の下端を押し上げられれば、ぴりりとした快感が迸《ほとばし》った。

「で、でしたら……どうか、ご容赦ください」

そんなところを舐められるなんて、想像しただけでも身が焦げそうだった。

「おねがい、ですから……」

瞳を潤ませて必死に訴えるフィリスを、ルーラントはあっさりと撥《は》ねのける。

「いやだ。こんなご馳走《ちそう》を前に、我慢などできるわけがない」

ルーラントは無慈悲に身を屈め、その箇所に舌を這わせる。

「ひぁああっ……！」

叫んでいるのか、喘いでいるのかわからない声が出てしまう。まるで雷《いかずち》を落とされたような衝撃だった。

羞恥と快感が大波のようにやってきて、一瞬のうちに理性を攫っていった。

全身が熱を持ち、呼吸が荒くなる。

大きく上下するフィリスの胸飾りを指でつまみながら、なおもルーラントは秘裂に舌を這わせる。

花芯を舌で抉られると「あぁ、あぁあっ」とひっきりなしに声が漏れ、止まらなくなる。

「も、だめ……ルーラント様……！」

これ以上は、気持ちがよすぎておかしくなってしまう。恥ずかしさが大きな塊になって落ちてくるようだった。

するとルーラントは顔を上げた。ところがその秘めやかな箇所から遠ざかるでもなく、留まっている。

「……とめどなく溢れてくる」

どこから、なにがと説明されずともわかる。彼の視線の先にあるものはひとつしかない。

いよいよ羞恥心に押しつぶされて、フィリスは瞳に涙を溜めて「ふぅ、う」と呻く。

口では「だめ」だと言っているのに、体は色好《いろよ》い反応を示しているのが不甲斐《ふがい》ない。

ルーラントは湿りきった淫核を親指でぐ、ぐっと押し込みながら、そのすぐ下にある蜜口に中指を挿し入れた。

摩擦なく、ぐちゅ、ぐちゅっと音を立てながらどんどん奥へと進んでいく。

「はぅ、う……あぁっ……」

そこに指を埋められることに、もはや違和感を覚えない。慣れてしまったのとは少し違う。

求めているのだ、そこへの刺激を。長い指が奥処《おく》をつつくのが心地よくて、自然と腰が揺れる。

手首を縛られたまま気持ちよさそうに腰を揺さぶるフィリスを見て、ルーラントはごくりと喉を鳴らし、薄桃色のいただきにしゃぶりつく。

「ふぁああっ！」

乳房が弾む。彼の指は隘路の中を入り口から最奥まで、行ったり来たりしている。水音がいっそう激しくなる。

胸の尖りに軽く歯を立てられ、甘噛みされる。彼は空恐ろしくなるほど官能的な表情をしていた。見ているだけで快楽がもたらされる。

狭道の中程、ある一点で指が止まる。そのままそこを指の腹で丹念に擦り立てられる。

「え、ぁっ……⁉」

そこは、よく彼の雄杭でつつかれるところだ。一定のリズムで擦られ、どうしようもないまでの焦燥感が込み上げてくる。

このままそこを指で擦られていては、なにかよくないことが起こるのではないかと危惧する。

「いけません、そこ……ルーラント様……！　な、なにか、おかし……ぃ、あっ」

必死に耐える。彼の指はぜんまい仕掛けのように規則的に動いてフィリスの膣壁を擦り続けている。

「あ……やっぱり……へ、ん、変です……！」

目尻に涙を溜めて変調を訴えるフィリスを見てルーラントは嗤《わら》い、その唇を覆う。

キスをされたことで、耐えていたなにかがすべて吹き飛んだ。

「んん、んっ、んっ……‼」

下半身の、どこかよくわからない場所から、なにかが吹きだした。

すべてが曖昧で、気持ちがよくて、意識が朦朧としてくる。

閉じていた目を開ける。なにが起こったのか、すぐには理解できない。

ただ、彼のナイトガウンが濡れていた。まるで水を零したように。

そうして、自身のドロワーズの下方も濡れていることに気がつく。

なにかが、吹きでてしまった感覚があった。

それはつまり、自分の中から出た『なにか』が、ルーラントのナイトガウンを濡らしてしまったということ。

そこまで理解が及ぶと、フィリスは愕然《がくぜん》とする。

「わ、わたし……なんて、ことを……」

フィリスはがくがくと唇を震わせる。その唇を、ルーラントが愛おしげに辿る。

「……いい。こうなるよう、私が仕向けたのだから」

頬を片手で覆われる。サファイアを思わせる瞳が見つめてくる。

「もっと見たい……きみがあられもなく乱れる姿を」

依然として隘路に沈んでいた指がぐっ、と媚壁を押す。

「すべて私に晒すんだ」

内側を指で蹂躙《じゅうりん》されながら、花芽も一緒くたに押される。

「あぁ、あっ、うぅっ……！」

弛緩していた体がふたたび官能に満ちて、甘い戦慄《わなな》きとともに彼の指を強く意識することになる。

ルーラントが紡いだ言葉どおり、彼の唇と指でどんどん乱されていく。

熱い唇が押し重なり舌が潜り込んでくる。

もうずっと尖った形のままになっている胸飾りを強くつまみ上げられた。

花芯はぬめりけを帯びた親指で上下左右に嬲られ、内壁の行き止まりは中指で連続して押される。

「んん、んっ……！」

快楽の極みはすぐにやってきた。全身が快感に打ち震える。

フィリスが絶頂を迎えてもルーラントはなにひとつとして緩めない。

過敏になっている胸のいただきを、柔肉に沈み込むほどぐりぐりと押される。度を超しているとすら思える愛撫《あいぶ》でも、気持ちがよかった。

もうこれ以上のことはないと感じるのに、快感はすぐに塗り替えられて再度、恍惚境へと連れていかれる。

「フィリス……」

呼びかけに応えることはできず「はぁ、はぁ」と荒く息をするだけだった。

なんて甘く、淫らな拷問なのだろう。

何度達しても、与えられるのは指ばかりで、本当に欲しいものはもらえない。フィリスの瞳には涙の膜が張っていた。

「どうして……」

呟けば、ルーラントはようやく自身のナイトガウンと下穿《したば》きを脱いだ。彼の脚の付け根には、猛々《たけだけ》しく天井を向いている雄の象徴がある。

「これが……欲しい？」

いやに甘い声音で訊かれた。そのせいですぐに首を縦に振ってしまう。羞恥心よりも、ものほしさのほうが勝《まさ》っていた。

自分の中にぽっかりと大きな穴が空いている。たまらない空虚感に襲われていた。

彼が嘲笑する。

「……他の男のものも欲しがってはいないだろうな」

「まさか、そのようなこと……！」

フィリスは動かせない手首にぐっと力を入れて訴える。不貞などないと主張したかった。

「それで？　真実を口にする気にはなった？」

ルーラントの悲しげな笑いはフィリスの涙を誘う。彼にそんな顔をさせている自分が不甲斐なくて、涙が止まらなくなる。

「わ、わたし……っ」

誤解だと説明しなければ。そう思うのに、泣いているせいで言葉に詰まる。

涙は幾筋もの滝のようになって頬を伝い落ちた。

「……泣かせたいわけでは、ない」

フィリスの頬を伝う涙を舌ですべて舐めとって、ルーラントは拘束を解いた。

自由になった両手で彼の背を摑む。

涙はまだ引っ込んでおらず、なにも話すことができない。

ルーラントはフィリスの首筋に顔を埋め、ちゅうっと音を立ててきつく肌を吸う。

「きみは私だけのものだ」

両足を肩に担ぎ上げられる。ルーラントはフィリスの足にくちづけを落としていく。

無防備な体勢だというのに、彼が足に唇を寄せたことのほうが印象深く、羞恥心は鳴りを潜める。

胸飾りをくすぐるように指で弄びながらルーラントはフィリスの間《あわい》に男根を挿し入れた。

「あぅ、ん……あ、あっ」

ぐぐ、ぐっ……と、太く硬い一物は肉襞を掻きわけながら隘路を進む。

狭道は彼の淫茎を奥へ奥へと促すように蠕動《ぜんどう》し、歓待する。

両足を担ぎ上げられたことで腰が浮いているせいか、いつにもまして挿入が深い。陽根はすぐにフィリスの媚壁を穿ちはじめる。

ルーラントは片手でフィリスの臀部を支え、もう片方の手では膨らみの頂点をつついた。指先で何度も弾かれる。

「は、ぁ……フィリス」

艶めかしい顔で、官能的に掠れた声で、ルーラントが息をつく。

肉襞は穿たれることでよりいっそう潤み、ぐちゅ、ぐちゅっという水音がよく響くようになる。

剛直で内奥を揺さぶられ、胸の蕾は指でいたぶられている。

幾度となく極みを味わってきたというのに、さらに高みへと昇りつめてゆく。

「やぁっ、ルーラント様……あぁ、あぁあっ……！」

フィリスがひときわ大きな声を上げると、ルーラントは雄杭を震わせて吐精した。

彼の脈動に合わせてフィリスもまたびくっ、びくっと全身をひくつかせる。

両足に力が入らなくなり、彼の肩からずれ落ちそうになる。

ルーラントはそれを手伝って、フィリスの体をそっとベッドに横たわらせた。

ところが、淫茎はいまだに体内にある。出ていく気配はない。それどころか、しばしの間があってふたたび勢いを取り戻す。

「え、あの……？」

戸惑いを隠せずにいると、ルーラントは「まだだ」と言い放った。

「まだ……きみの中にいたい」

腰と肩をそっと抱かれ、うつ伏せに寝転がる。ルーラントはフィリスの太ももを跨《また》いで組み敷き、獰猛《どうもう》な彼自身で隘路を小突いてまわった。

「ふっ……あ、あっ……んぅっ」

執拗に快楽を与えられて、もうくたくたのはずなのに、身も心も悦んでいる。

激しく求められるほど、彼の情愛を感じて幸福感が増す。

両膝はベッドの上についている状態なので乳房の先端がシーツに当たり、摩擦による快感が迸る。

揺れる乳房の、色づいている部分をトンッと押される。

「ここ……シーツと擦れて、気持ちがいい？」

「……っ！」

彼には知られたくなかった。ひとりで勝手に快感を得ているようで、恥ずかしくなる。

「ご、ごめ、なさ……ぃ、あっ……あぁっ……」

「謝らずとも……。私の指とシーツでは、どっちが『いい』かな」

体の内側をひどく揺さぶられながら、胸飾りの片方だけを指で捏ねくりまわされる。

「そ、そんな……うぅ」

フィリスは眉根を寄せて言葉を絞りだす。

「ルーラント様の、指の……ほうが……っ、きもち……いい、です……！」

彼の指とでは比べものにならない。触ってもらえるのなら、そのほうがいいに決まっている。

ルーラントの左手は胸の蕾を、右手では足の付け根の花核を、それぞれ親指と人差し指で強くつままれ、擦りつぶすように刺激される。

抽送はより激しいものへと変化し、なにもかもが恍惚境を目指して突き進んだ。

「愛しているのに……フィリス……ッ」

想いの丈を吐きだすようにルーラントはフィリスの中に精を放つ。

ドクン、ドクン、ドクン。

繋がり合ったまま、ルーラントはフィリスの背にもたれかかる。

熱く、重く、少し息苦しいのに心地がよい。

「もう……だれの目にも触れさせたくない」

独占欲を誇示する言葉を聞きながら、フィリスは涙に濡れた瞼を閉じた。

第五章　皇帝陛下と無二の愛

愛しい人の頬に、微かに残る涙の跡をそっと辿る。肌に触れたくらいでは、フィリスは目覚めなかった。

夜はいつも無理をさせているが、昨夜はさらにひどかった。もうだいぶん陽が高くなっているが、こうして触れていても、身じろぎひとつしないほど彼女は疲れきっている。

——フィリスをこうしたのは、私だ。

加減を知らぬ己の振る舞いを叱咤するのと同時に、眠るフィリスにふたたび欲情している自分に嫌気がさす。

——無理をさせたと反省していたはずなのに……私はまったく懲りていない。

一度は正したフィリスの衣服を、ふたたび乱す。

ナイトドレスの前ボタンを外し、シュミーズを捲り上げれば形のよい乳房が顔を出す。

その色鮮やかないただきを、ルーラントは指先でゆっくりと撫でた。

眠る彼女を相手にこんなことをしていると他人《ひと》に知れれば、変態の烙印《らくいん》を押されそうだ。

――こんな愚行を棚に上げて……なにが「外聞がよくない」だ。

昨夜、フィリスを詰問したときのことを振り返る。

フィリスがウィリアムと会話したのは吹きさらしの回廊で、まわりに人がいなかったとはいえだれもが見渡すことのできる場所だ。

そのような開け広げなところでほんの数分、話をした程度で外聞が悪くなるわけがない。

あのとき、テラスには大勢のレディがいて、話題に上ったウィリアムにフィリスが話を聞きにいっただけだと今朝になって知った。

そばには侍女だっていた。老年の侍女は、自分は風の当たらないところにいて、ふたりが小さな声で会話していたので内容はわからないとのことだった。

そもそも、侍女は仕える主の会話を盗み聞くのはよくないとされているので、内容を知らないのは当然だ。

侍女は、フィリスは決して不貞な行いをしようとしていたのではない、そういう雰囲気はまったくなかったと言って主を庇っていた。

フィリスが侍女を柱の陰で待機させたのは、老年の侍女を気遣ってのことだとすぐにわかった。

フィリスはだれに対しても優しく、そして一所懸命だ。

テラスにいたレディたちも含めあの場にいただれもが、ウィリアムとフィリスのあいだに『なにか』あるとはきっと露ほども思っていない。

むしろ人目を避けずに話をしたのは、やましいことがないからだ。

眠っているフィリスの乳房を揉みまわす自分と違って、フィリスは常に清く正しく振る舞っている。

彼女のせいで外聞が悪くなるなどあり得ない。足を引っ張るとしたら自分だ、とルーラントは考えが至り、フィリスの肌に触れるのを渋々やめた。

──だがなぜフィリスは話の内容を教えてくれない？

おおかたウィリアムに口止めされたのだろうと予想はつくが、それならそうと言ってほしかった。

いや、正直にそう打ち明けられたところで、ウィリアムの言うことを律儀に守るのかと責め立てただろう。

──フィリスはウィリアムといったいなにを話した？　旧王について、か……？

それはそれでかまわない。だが、ウィリアムと秘密を共有しているフィリスが許せないという、心の狭い自分がいる。

他の男が彼女に関わること、影響することが腹立たしくて気が狂いそうだった。

一度は触れるのをやめたが、やはり我慢ができなくなってまた手を出す。

乳房は柔らかく、淫部はいまだに潤みを残している。そうして昨夜、脳に刻んだ記憶が蘇る。

不安げな顔。瞳に溜まった涙。思いだすだけでぞくりと全身が震えた。

手首を拘束され、乳房や秘所を晒して涙するフィリスを見て、興奮している自分に腹が立った。

なによりも大切でなによりも大事にしたいのに、泣かせてしまった。そしてその泣き顔に欲情している自分は、なんて愚かで残酷なのだろう。

ルーラントは自分の目から隠すようにフィリスの衣服を整え、掛け布を被《かぶ》せる。

すうすうと静かに眠るフィリスの頰に、触れるだけのキスをする。

愛しくて、独り占めしたくてたまらない。

だれにも見せず、だれとも話をさせず、閉じ込めてしまいたい。

＊＊＊

瞼の向こうが明るくなったのを感じて目が覚める。視界に映っているのは私室の天井だ。

――昨夜は主寝室で眠ったはずなのに……。

いつのまに移動してきたのだろう。

――ううん。きっとルーラント様が運んでくださったのだわ。

起き上がってあたりを見まわすものの、彼の姿はない。代わりにアナが、壁際に控えていた。

「おはよう、アナ。もう起きていていいの？　お熱は？」

「はい！　おかげさまで熱も下がり、すっかりよくなりました」

「本当？　無理していない？　もうしばらく休んでいてもいいのよ」

「たっぷり眠らせていただきましたので元気です。むしろ、眠りすぎて体がなまっているくらいですから、誠心誠意お世話をさせていただきます！」

アナは両手に拳を作って掲げている。顔色もよく、元気そうだ。フィリスは一安心して窓の向こうを見る。

「ところで、もうお昼に近いのかしら。ごめんなさい、だいぶん寝坊して……待たせてしまったわね。そうだ、お庭へ散歩にでも行きましょうか」

体がなまっているとアナは言っていたのでそう提案した。

「いえ、それが……」

アナはとたんに苦虫を嚙みつぶしたような顔になった。すぐに『なにか』あったのだとわかる。

「どうしたの？　なにか……あった？」

「その……フィリス様はご公務以外はこのお部屋から出てはならないと、陛下がご命令を下されたそうなのです。先ほどセドリック様がいらして、そのようにおっしゃいました」

フィリスは目を見開いたあとで俯く。

「それじゃあ……お庭へ散歩には、行けないのね」

目を伏せたままベッドから出る。アナが着替えを手伝ってくれた。

「ですが、なぜ陛下は急にそのようなことを？」

思い当たる節は大いにある。

――わたしが隠し事をしているから。

「外出を禁じるということは、それだけフィリス様にも危険が迫っているということでしょうか……」

毒の一件があるから、怖がらせてしまっている。ルーラントが外出を禁止したのは、そういう理由ではない。それならもっと早く命じられていただろうし、多くの人が集まるボルスト侯爵邸の舞踏会も欠席したはずだ。

ルーラントはおそらく毒の犯人について見当をつけている。

――その上で、わたしには危害が及ばないとわかっていらっしゃったからこそ犯人を泳がせている……？

しかしそれも憶測の域を出ない。もしかしたら本当に危機が迫っていて、行動を制限されたのかもしれない。

──ルーラント様はわたしのことも、信じられないのだわ。

なにも知らされないのは、そういうことだ。

いくらウィリアムに口止めされたとはいえ、このまま口を噤んでいてはきっと埒《らち》が明かない。

ルーラントとよく話し合う必要があるし、アナにしてもそうだ。ウィリアムと話をしたことを、このまま黙っているわけにはいかない。

フィリスは意を決する。

「アナ、あのね。わたし、昨夜の舞踏会でウィリアム様にお尋ねしたの。アナのことをどう思っているのか……」

アナはびくりと肩を弾ませた。フィリスは目を逸らさずに言う。

「その答えはやっぱり、アナが自分でウィリアム様に訊くべきだと思うの」

いま、フィリスの口から答えを聞けるのではないとわかってか、アナはどこか消沈したようすで頭を垂れる。

「それでね……ごめんなさい。わたしとウィリアム様は決してふたりきりで話をしたわけではないのだけれど、ルーラント様が、その……少し誤解なさっていて。外出禁止を言い渡されたのはおそらくそのせいだわ。だから怖がる必要はないと思うの」

「そう、だったのですか……」

顎に手を当てて逡巡していたアナだが、急に顔を上げた。

「では私のせいでフィリス様は陛下と仲違《なかたが》いを⁉」

「違うわ、アナのせいじゃない。わたしが勝手にしたことだもの」

「でも、でもっ……」

「アナが自分で確かめるべきだったことなのに、わたしがよけいなことをしてしまった。それがいけなかったのだわ」

「そんな……そんなこと、ありません。フィリス様は私のためを思って行動してくださったのですから。それに引きかえ私は、怖がってばかりでなにも知ろうとせずに……っ」

アナはなにか決意したように唇を引き結ぶ。

「私……ウィリアム様に、確かめてきます」

「アナ……」

「フィリス様に勇気を貰いました。私……っ、当たって砕けてきます！」

ウィリアムはアナのことを好きだから、砕けることはない。そう言いたいが、口止めされているので言えない。

いまは、前へ進もうとするアナを応援するのみだ。

フィリスは眉根を寄せたままほほえみ、大きく頷いた。

次の休日、ウィリアムの邸《やしき》へとアナを送りだしたフィリスはそわそわしながら私室で読書をしていた。

公務以外では部屋の外へ出られないので、気晴らしに庭へ行くことはできない。

読書を始めたものの、いまひとつ集中できず話が頭に入ってこなかった。

そこへルーラントが訪ねてくる。

「……邪魔をしたか？」

「いいえ、とんでもございません」

彼と一緒に入ってきた給仕の侍女をルーラントはすぐに下がらせ、フィリスの隣に腰を落ち着かせた。

なにを言うでも、なにをするでもなくフィリスの肩を抱き、髪を撫でる。

訊きたいこと、話したいことがたくさんあるはずなのに、彼の手があまりにも心地よいのでついまどろんでしまう。

ほんの少し眠ってしまっていたのかもしれない。扉がノックされたであろうこと、アナが部屋に入ってきたことにやっと気がついてフィリスは目を丸くする。

「どうしたの、アナ。早かったわね？」

フィリスは柱時計を見ながら言った。アナが城を出てまだ数時間しか経過していない。

「は、はい。その……急ぎ、お伝えしたくて」

ルーラントが部屋にいたので、アナは恐縮しきっている。

「ルーラント様。アナから話を聞いてもよろしいでしょうか」

「もちろん。私は席を外そうか？」

返答に困ったフィリスがアナに目配せをする。アナは「とっ、とんでもございません！」と口早に答えた。

「むしろ、その……陛下のお耳にもぜひ入れていただきたいのです」と、小さな声でアナが付け足す。

「そうか。では話すといい」

「アナ、座って？」

おそるおそるといったようすでアナは向かいのソファに腰を下ろした。何度も深呼吸をしている。

「私は、ウィリアム様をお慕いしておりました。そして先ほど、ウィリアム様からも……その、同じ想いを返していただきました」

「おめでとう、アナ！」

身を乗りだすフィリスを、ルーラントが腰を抱いて引き留める。

「あ、ご……ごめんなさい。まだアナの話の途中だった。どうぞ続けて」

フィリスが真っ赤な顔で言うと、アナは幾分か緊張が解けたようすで笑った。

「これまで、勇気が出せずにウィリアム様のお気持ちを確かめることができませんでした。けど、フィリス様が後押ししてくださったおかげで、踏みだすことができたのです。フィリス様がウィリアム様と舞踏会でお話しなさっていたのも、このことです。そしてウィリアム様は、フィリス様に『まだ言わないでほしい』と口止めをなさった。そのせいで……」

アナは一呼吸、置いたあとで深々と頭を下げる。

「陛下とフィリス様に多大なご迷惑をおかけしてしまい、本当に申し訳ございませんでした。ウィリアム様も、不用意に口止めをしてしまったせいでと何度も謝っていらっしゃいました」

「なるほど……そういうことだったのか。いい、顔を上げろ」

ルーラントの言葉でアナは上を向く。

「ウィリアム様からのご伝言です。後日あらためて謝罪に伺いたい……とのことです」

「ありがとう、アナ。せっかくウィリアム様と想いが通じ合ったのに、城まで戻ってきてくれて」

「いまからでも遅くない。もう一度、ウィリアムのところへ行ってくるといい。足の速い馬車を用意する。ついでにウィリアムに伝えてほしい。恋人を使いに走らせるとは蛮行もいいところだ、と」

「こ、こいびと……」と赤面するアナだが、はっとしたようすで言葉を継ぐ。

「いえっ、そのっ、戻ってきたのは私がどうしてもお伝えしたいと言ったからでしてっ」

「大丈夫よ、アナ。ルーラント様はすべてわかっていらっしゃるから。でも……そうね。まだ休日は始まったばかりだもの。ウィリアム様のところへ行ってらっしゃいな。終日、予定を空けてアナを待っていらっしゃったはずよ」

事前に遣《や》り取《と》りしたウィリアムからの手紙にはそう書かれていた。

――アナの意志を尊重して城へ戻してくださったのだろうけれど……きっと、もっと一緒に過ごしたいと思っていらっしゃるわ。わたしだってそうだもの。

毎日顔を合わせていても、ルーラントとはずっと一緒にいたいと思う。あまり会えないとなればなおさら、そうだろう。

「けれどもちろん、何度も馬車で往復するのは辛いだろうから、アナがよければ、の話よ」

「辛くなど、ございません！　……ありがとうございます」

涙声でそう言って、アナは部屋を出ていった。

ルーラントは廊下に控えていたセドリックに「フィリスの侍女に足の速い馬車を用意するように」と言っていた。

　ふたたび彼とふたりきりになる。

「そうか……ウィリアムときみの侍女が……。まったく気がつかなかった」

　ルーラントは「私は鈍感らしい」と付け足して困り顔になったあと、フィリスのほうを向いた。

「すまなかった、フィリス。ひどい誤解だった。いや……本当にきみの不貞を疑っていたわけでは、ないんだ。いまさら、言い訳にしかならないが……。ただ、きみを独り占めしたいという気持ちばかりが先に立って……まわりが見えなくなっていた」

「いいえ、ルーラント様のせいではありません。わたしの言葉が足りないばっかりに、招いてしまった誤解なのです」

　彼が苦笑する。

「だが、身分差のある恋だな……。私のほうでも手を尽くそう。きみが妹のように大切にしている侍女が、幸せになれるように」

　ルーラントが応援してくれれば百人力だ。フィリスは感極まってルーラントの胸に飛び込む。

「ありがとう、ございます……ルーラント様……！」

　涙声で礼を述べる。よしよしという具合に頭を撫でられた。

「本当に優しいな……フィリスは」

腰から首のほうへゆっくりと、何度も背を摩られる。そうして背を往復していた彼の手はしだいに前へとやってきて、頬を覆う。

顔の距離が近くなっていく。キスの予感に、全身が疼く。

コンコンッという音が突如として聞こえた。

ルーラントはとたんに眉間に皺を刻んで「またか」とぼやく。

フィリスは居眠りしていたので気がつかなかったが、アナが来たときも、こうして部屋の扉がノックされたのだろう。

隣室で控えていた休日当番の侍女が「ボルスト侯爵様がお見えになりました」と扉の向こうから伝えてきた。

「今日は休日のはずだが、いっこうに落ち着かないな。……まったく、なんの用だ。どうする？　フィリス。あんな男の来訪など、撥ねのけてもいい。休日なのだから」

「いえ、そういうわけには……」

困惑しながらもほほえんでそう答えると、ルーラントは「入れ」と声を上げた。

すぐに扉が開く。デレクが部屋に入ってきても、ルーラントはフィリスから離れようとしなかった。

「おや、陛下もご一緒でしたか。ちょうどいい」

デレクは銀縁のモノクルに手を当てて目を細くする。ランプの明かりに照らされたモノクルがきらりと光り、彼の瞳の片方を隠した。

「皇妃殿下にはしばらく祖国へお帰りいただいたほうがよろしいのではと思い、まいりました」

間髪入れずにルーラントが「どういう意味だ」と返す。この部屋の主はフィリスだが、口を挟める雰囲気ではない。

「毒を仕込んでいるのはじつは皇妃殿下なのではないか……と疑う者が出ているのですよ。毒の嗅ぎ分けなど、ふつうできることではありませんからな」

「それだけフィリスが尊く希有《けう》な存在ということだ」

「詭弁《きべん》ですなぁ」

「なんだと？」

いつもほほえみを絶やさないルーラントが、常《つね》とは打って変わって、悪鬼のごとき形相──それでも絶世の麗しさは損なわれない──で凄《すご》んだからか、デレクは一瞬、怯《ひる》んだようだった。後ずさりしながら言葉を足す。

「ともかく、ご検討ください」

デレクはそう言い残して、逃げるように部屋を出ていった。

扉が閉まると、ルーラントはさも『疲れた』と言わんばかりにため息をつく。

「フィリス、気にするな。老人の戯《ざ》れ言だ」

デレクはまだ『老人』というほどの年齢ではないと思ったが、口には出さなかった。

「ですが……わたしが疑われているというのは、きっと本当ですよね」

他の者には毒の匂いを嗅ぎ分けられないのだ。自作自演だと疑われるのは無理もない。そういう嫌疑をかけられる可能性を、まったく考えていないわけではなかった。デレクには先日の舞踏会でも忠告されていた。

――あるいは、ボルスト侯爵様がそのようなことを言いだしたのかも……？

いや、証拠もないのに疑うべきではない。それこそ『フィリスが毒を入れた張本人』と疑われるのと同じだ。むやみに憶測するのはやめよう。

「……そういう噂があるのは、承知していた。きみの耳に入れるべきことではないと、思っていた」

透き通るような碧い双眸《そうぼう》に見つめられ、にわかに胸の鼓動が速くなる。

「きみの正直な気持ちを聞かせてほしい。少しのあいだ……ブランソン侯爵家に帰るか？」

「……正直な気持ちを、お話ししていいのですよね」

「ああ」

「わたしがここにいては、疑いが晴れないということは理解しているつもりです。でも……おそばを離れたくありません。だって、ルーラント様はお命を狙われているのに……」

わたしだけ帰るなんて！」

――わたしの手の届かないところで、ルーラント様になにかあったら。

最悪の事態を想像して目の前がぼやける。

フィリスはぐっと力を込めて唇を引き結び、ルーラントの胸に顔を埋めた。彼はすぐに抱きしめてくれる。

「……ありがとう、フィリス。本来なら……この件が片付くまできみを実家に帰すほうが得策だとわかってはいるが」

ルーラントは言葉を切り、フィリスの髪の一束を掬ってくちづける。

「私もまた離れがたい。想像するだけで陰鬱な気分になる。きみがいない毎日など、もはや考えられない」

いっそう強く抱きしめられた。彼の温もりが伝わってくる。

ふとフィリスは思いだす。

「あ……そういえば、わたしはなるべくこの部屋から出ないようにしたほうがよろしいでしょうか？」

伺いを立てると、ルーラントはばつが悪そうに視線をさまよわせた。

外出禁止は、ウィリアムとのことを誤解していたから命じられたのだと考えていた。ルーラントのこのようすだと、当たりだったようだ。

ルーラントはしばし考えるような素振りを見せたあとで口を開く。

「城内や庭などを歩くのは……いい。だが決してひとりにはならないように」

フィリスは庭の散歩を許されたことにほっとして「わかりました」と笑顔で答えた。


夜空は雲に覆われていた。

公務と、それから夕食を終えたフィリスは窓辺に立って外を見る。

月が出ていた。ただ、雲に隠れており薄ぼんやりと丸い影が見えるだけだった。外は暗く、星はなかった。

間もなく湯浴みの時間だが、準備のために部屋を出ていったアナが戻ってこない。別段、急いで湯浴みをしたいわけではないのでよいのだが、どうしたのだろう。

やがてアナが慌てたようすで部屋に駆け込んできた。

「あの、ついさっきダニエル様がお城へいらっしゃいまして……フィリス様と、どうしてもふたりきりで話がしたいとおっしゃるのです。急なことでしたので、城の一階にある応接間へお通ししておりますが……」

皇帝と皇妃の私室や主寝室があるここ――城の奥まった場所――には、縁者といえど外部の者は許可なく立ち入ることができない。

「なにか急ぎの用事かしら。すぐに行くわ」

アナとともに一階の応接間へと早歩きする。ダニエルの「ふたりきり」という要望どおり、応接間にはフィリスだけが入った。

ダニエルはソファに座りもせず、テラスへと続く扉の前に立っていた。上着からトラウザーズまで全身、真っ黒だ。手に持っている外套まで黒い。

「ダニエル、どうしたの？　なんというか……闇夜に溶け込みそうな恰好ね？」

暗に「似合っていない」と伝えたかったが、ダニエルはなにも答えず、応接間のテーブルの上に手紙を置いた。宛名はアナになっている。

「これで、しばらくは大丈夫なはず……」

ダニエルが呟く。フィリスは首を傾げた。

「なにが『大丈夫』なの、ダニエル。それにアナは廊下で待ってくれているわ。いま話をすればいいじゃない」

「だめなんだ。姉様、これを被って」

突然、黒い外套を頭から被せられた。つま先まで真っ黒な衣で覆われる。

「ちょっと待って、なあに？」

目を白黒させているあいだに手首を摑まれ、テラスへと続く扉から外へと連れだされる。

「ダニエル！　待ってと言っているでしょう」

語気を強めても、ダニエルは足を止めない。フィリスを無理に引っ張って早歩きする。

「姉様、逃げなくては。陛下に毒を仕掛けているのは姉様なんじゃないか、だから捕らえるべきだって命令が下されたって……！　このままじゃ姉様は幽閉されてしまう。最悪の場合、極刑だよ！　だから父上のもとへ帰ろう」

「えっ？　そんな命令が下されたなんて……信じられない。わたしは無実よ。だから逃げるのは、かえって不利になってしまう。なにか行動するにしてもルーラント様に確かめてからでなくては」

「だめだよ。陛下にも疑われているんだ」

「どうしてそう思うの？」

「それは……そういうふうに聞かされたから」

「だれに？」

「言えない。とにかく、城の外へ！」

ダニエルに連れられて城壁へ歩く。弟とはいえ力が強く、逆らえない。

「城外へ行くのは無理よ。応接間から出て戻らないとなればすぐにアナがルーラント様に伝えて探しに出てくるわ」

「大丈夫。さっき置き手紙をしてきたから。僕の好きな人が城にいて、その人と逢《あ》い引《び》きするために姉様と一緒に城の庭を散策するから、しばらく放っておいてほしいって。でもこのことは周囲には秘密にしてほしいって」

「まあ、そんな嘘を……！」

応接間のテーブルに置いていた、アナへ宛てた手紙はそんな内容だったのか。

ふだんのダニエルからは考えられない行動だ。

ダニエルはこれまで嘘などついたことがない。純朴で正直な性格だ。彼をよく知るアナは十中八九、手紙を信じるだろう。

それにしても、ダニエルは薄暗い道を迷いなく進んでいく。

――城に住んでいるわたしだって、このあたりはよくわからないのに……。

フィリスは不審に思いながらも弟を諭そうとする。

「でも、ダニエル？　城の外へ出るには門を通らなければならない。門番に引き留められるわ。だからもう諦めて」

弟は不敵にほほえんでいる。門番がいるのとは別方向へ歩いていき、壁を押すと、そこがすっぽりと抜けて通り道ができた。

ダニエルは壁に掛けられていたランタンを手に取り、フィリスを連れて暗い抜け道を進んでいく。

――準備がよすぎるわ。

城の外からやってきたダニエルに、ランタンを用意することはできない。

「ダニエル、教えて。いったいだれに、なにを言われたの？　どうしてこんな……抜け道を知っているの？」

ルーラントが自分のことを疑っているとは信じない。弟はだれかに騙《だま》されている。城の内情にも構造にも詳しい『だれか』に。

――そのだれかが、わたしを外へ連れだす手引きをしている。

しかしダニエルは「言えない」の一点張りだった。

抜け道の先は城外だった。馬車が控えている。

「さあ乗って、姉様」

ぐいぐいと背を押されて馬車に乗る。

「ダニエル、教えなさい。だれに吹き込まれたの」

フィリスは向かいに座る弟を渾身《こんしん》の力を込めて睨む。するとダニエルは顔を引きつらせた。

「そ、そんな……怖い顔しないでよ。僕は……姉様のためにしているんだ……っ」

ダニエルが俯いたとたん、大きな揺れとともに馬車が停まった。

「え……なに？　ちょっと、ようすを見てくるから姉様はここで待っていて」

ダニエルは馬車の外へ出ていく。

御者になにかあったのだろうか。急病かもしれない。まだ城からそれほど離れていないだろうから、急いで門番へ伝えれば城の医者を呼んでくることができる。そしてそのまま城へ帰ることも、できるだろう。

──大人しく待ってなんていられないわ。

フィリスは黒い外套を脱いで馬車を降りる。しかし御者の姿も、先に出ていったダニエルも見当たらない。

馬車の裏手のほうも見ようと歩くと、突如として目の前に男が現れた。フードを目深に被り、大きな袖のマントを纏《まと》い、顔には仮面をつけている。

「……っ⁉」

明かりは馬車のランタンだけなので薄暗い。それでも、自分に危険が迫っていることだけはわかったフィリスは、ドレスの裾を素早く捲り上げて短剣を構えた。

男もまた剣を持っていた。柄の部分になにか紋章が刻まれているが、はっきりとはわからないし、じっくり見ている余裕もない。

男はじりじりと迫ってくる。フィリスは後ずさりしながら退路を探る。まともに戦って勝てると思うほどうぬぼれてはいない。

ところが、構えていた護身用の短剣は容易く弾《はじ》き飛《と》ばされてしまう。

──ああ、お父様の言っていたとおりだわ。わたしの剣の腕では歯が立たない！

それでも、こんなところで死ぬわけにはいかない。ルーラントのそばをずっと歩いていく決めている。

　フィリスは男に背を向けて逃げようとするものの、すぐに追いつかれ、後ろから羽交い締めにされた。

「いやっ、放して！」

　そうして大きく息を吸い込んだときだった。ふわりと漂ってきた香りに、驚愕《きょうがく》する。

　——この香りは……。でも、まさか……！

　うろたえているあいだに目隠しをされ、両手と両足を拘束される。そのまま馬車へと乗せられた。はじめに乗っていた馬車なのか、あるいは別のものなのか、視界が遮られているのでわからない。

　しばらくすると馬車が停まった。抱え上げられたままどこかへ連れていかれる。フィリスは力いっぱい暴れたが、どうすることもできなかった。

　そうして、やっと手首の拘束を外されたと思えばすぐにガチャンという音がして、走り去るような足音が響いた。

　自由になった両手で目隠しを外してあたりのようすを確認する。

　すぐ目の前には鉄格子。その向こうに松明《たいまつ》が置かれている。

　——牢屋《ろうや》……だわ。

　出られる場所がないかくまなく探すが、やはりない。木片や、なにかの液体を入れていたであろう空のボトルが転がっているだけだった。

テーブルには食事が置かれていた。ご丁寧にナイフとフォークまである。

小窓からは運河が見える。ここは、以前視察に訪れた『旧王の牢』だ。景色には見覚えがあった。

――そうだわ、これよ！

フィリスは透明なボトルと木片、それからテーブルの上にあった食事用ナイフを揃《そろ》えて行動を開始する。

木片に、自らの血で『フィリスは旧王の牢にいます』と書き、転がっていた瓶に詰め、小窓から運河へと投げた。

水路はすべて繋がっていて、最下流にあるアルティア城に集約する。つまり、どこから流しても城の水路へと届く。すぐに気がついてもらえるかどうかは完全に賭けだ。

――ルーラント様なら、きっと……捜しだしてくださる。

用意されていた食事には手をつけなかった。毒の匂いはしなかったが、食べる気にはならなかった。

両手の指先が痛む。血文字を書くために、五指の腹をそれぞれ少しだけ切った。指の傷はそれほど深くはない。

肌を切ったあとハンカチで縛ったが、傷口を水で流さなかったから痛むのかもしれない。

どうにも熱っぽい。意識が朦朧としてくる。

鉄格子から最も遠い小窓のすぐ下の壁にもたれかかって、フィリスは目を閉じる。

流れる水音が子守歌のように眠気を誘う。いや、無理に眠りへと引き込まれていくようだった。目を開けていられなくなる。


だれかが必死に呼びかけてくる。

そんな夢を見ているのだと思った。

「……ス、フィリス……！」

愛しい人の声が聞こえる。返事をしたいのに、すぐには声が出なかった。

「……ルーラント、様……？」

鉄格子の向こうに彼がいる。夢か現《うつつ》か、しばらく判断がつかなかった。

ルーラントは鉄格子の出入り口に嵌《は》められている錠を見て言う。

「古い錠だ。剣で何度か切ればきっと壊せる。フィリスはそのままそこにいてくれ」

腰に提げていた剣を抜き、ルーラントは錠に向かって切り込む。金属と金属がぶつかり合う轟音《ごうおん》が、幾度となく響いた。

十度目の切り込みでようやく錠は壊れ、鈍い音を立てて床に落ちる。

彼はすぐに駆け寄ってきてくれた。まるで存在を確かめるように、しっかりと抱きしめられる。

――やっぱり、来てくださった。

安堵のあまり、目尻から涙が零れた。

「フィリス、ひどい熱だ……！　それに、この手……っ」

フィリスの両手に巻かれたハンカチから滲んだ血を、ルーラントは悲痛な面持ちで見つめる。

「ほかに怪我《けが》は？」

フィリスはゆるゆると首を横に振る。

「すぐに城へ帰ろう」

そっと抱え上げられる。抱きしめ返したいのに、両腕に力が入らない。

ルーラントは歩きながらフィリスに問う。

「熱で辛いのに心苦しいが……聞かせてほしい。きみを牢に閉じ込めた者の顔は見たか？」

「……いいえ。お顔は……見ておりません。ただ……」

言うのがためらわれる。推測でしかない。それでも、真実を伝えるべきだ。

「セドリックがつけている、香水の匂いが……しました」

ふだんよりもいっそう強く、甘い蜜柑とラベンダーの入り混じった香りがした。

「ですが……だれかが、セドリックを陥れるために……彼の香水を使ったのかも……？」

「いや……きみを牢に閉じ込めたのはセドリックで、間違いない」

外へと繋がっているであろう階段を上りながらルーラントは言葉を継ぐ。

「私の食事に毒を仕込んだのも彼だ」

セドリックが「小腹が空いた」という理由で厨房へ出入りしていると、ダニエルを歓迎する晩餐会で言っていたのを思いだす。

そしてなにより、ダニエルとセドリックは懇意になった。ダニエルがセドリックを信頼して、「陛下はお姉様を陥れるつもりですよ」と吹聴《ふいちょう》したとすれば、ダニエルが無理やりにでも実家へ帰ろうと城を出て馬車を走らせるのは容易だ。

代々、侍従として王に仕えてきたセドリックなら、有事の際に王を城の外へと逃がす抜け道を知っているのも頷ける。

――それにセドリックは厩舎にも出入りしていた。

ルーラントの愛馬は、ルーラント以外ではセドリックにしか扱えない。

料理に混入していたのは厩舎の清掃に使われるものだった。すべてつじつまが合う。

――けれど……牢には食事が置かれていた。セドリックはわたしを殺すつもりでここに閉じ込めたのではないわ。

それに、殺意があったのなら牢になど入れず馬車で実行していたはずだ。

――ではいったいなんの狙いで……。

「そういえば、ルーラント様はおひとりでこちらへ……？」

「……いや」

彼が、常日頃行動をともにしている者は。

階段を上りきり、牢の外へと出る。

「陛下がお連れになったのは僕だけですよ」

声がして、柑橘系の匂いが香る。雲が晴れ、月明かりがさした。

そこには、手に剣を構えたセドリックがいた。

ダニエルに城から連れだされ、馬車を降りてから襲ってきた男と同じ剣だ。柄の部分には旧王家の紋章がついている。

月明かりと、牢の壁に掲げられた松明に照らされているいまならはっきりとそれがわかった。

「あなたの部屋ごと火の海にするつもりでしたのに……こんなに早く皇妃殿下のもとへ駆けつけるなんて。狙いが外れましたよ。ですがここは人気がない。あなたを暗殺するにはもってこいだ」

「暗殺？　フィリスの目の前で私を殺すつもりなんだろう。どこが暗殺なんだ」

いつもの調子で、しかし物騒なことを言いながら、ルーラントはフィリスを牢の壁際に座らせた。それからフィリスを庇うようにセドリックと対峙《たいじ》する。

「幸い皇妃殿下は動けないようですから、そのあいだにやるんですよ」

セドリックの言うとおり、フィリスは動けなかった。彼らを見ていることしかできない自分が歯がゆい。

鞘《さや》から剣を抜いたルーラントへ、セドリックが襲いかかってくる。

ルーラントはセドリックの剣を躱《かわ》し、叩《たた》き落《お》とした。はらはらする暇《いとま》もない、一瞬の出来事だった。

「はぁ……やっぱり敵《かな》わないなぁ……」

丸腰になったセドリックはふらふらと後ずさりする。そのまま後退したのでは、運河へ落ちてしまう。彼は泳げないはずだ。

――まさか、最初から……!?

自害するつもりだったのだろうか。

「セドリック！」

ルーラントは大声で叫び、セドリックへと走り寄る。しかしそれよりも早く、セドリックは広大な運河へと身を投げた。

王都のものと違ってここは幅が広く、泳げない者が飛び込めばまず助からない。

「くっ……」

ルーラントは呻きながら剣を捨て、羽織っていた外套や上着もかなぐり捨て、運河へと飛び込んだ。

今度はフィリスが「ルーラント様!」と叫ぶ。

重い体を引きずるように動かして、牢の壁に配されていた松明を手に取り、彼らを照らそうとする。

ルーラントは水に流されるセドリックを卓越した泳ぎで捕まえると、反対岸へと引き上げた。

フィリスは這いつくばるようにして彼らのもとへ行く。全身が軋《きし》むように痛く、視界もぼやけて、歩くことすらままならなかったが、そばへ行って無事を確かめたかった。

「……ッ、フィリス! 無理を、しては……っ」

彼はずぶ濡れで、すっかり息が上がっている。

「わ、わたしは……平気、ですから。それより、ルーラント様は……?」

「私はもちろん平気だ。これくらいなんともない」

そうして、傍らにいるセドリックを見やる。セドリックは仰向けに寝転がったまま「はっ、はっ……」と荒く呼吸していた。

「陛下……どうして」

「自害などさせるものか。生きて償わせる、絶対に」

セドリックの瞳から水粒が零れる。彼も濡れていたから、その雫《しずく》が頬を流れただけだったのかもしれない。

「そのお言葉は……国王陛下に……向けてもらいたかった」

――セドリックは、どうしてそんなに前国王……旧王陛下にこだわっているの？

疑問を口にすることはできない。立っていることができなくなって、膝から崩れ落ちる。

地面に頭をぶつけなかったのは、ルーラントがとっさに支えてくれたからだ。

「フィリス⁉　……フィリス！」

愛する人の呼び声は、どんどん遠くなっていった。


目覚めると、私室の天井があった。熱っぽさはもう微塵もなく、怠《だる》さも消えていた。

そばにルーラントがいる。壁際に立っていたアナが血相を変えて医者を呼びにいき、すぐに診察を受けることになった。

「熱もすっかり下がって、よかったですな。両手の怪我も、きちんと消毒しましたから問題ないでしょう」

ルーラントは医者に礼を述べてから安堵の息をつく。

「わたし……運河で倒れて……どうしたのでしょうか」

「セドリックが町医者を探して診察と処置を受けた。そのあいだにあいつが手配した馬車で、きみを城へ運んだ」

「そうだったのですね……」

はっとしてあたりを見まわす。

「それで、セドリックは……?」

「城の地下牢にいる」

「地下牢に……。彼は、どうなるのですか?」

ルーラントがなにか答える前に、医者を呼びにいったあとふたたび席を外していたアナが、ダニエルと一緒に戻ってきた。

ダニエルの話では、馬車を降りてすぐに拘束され、小屋のような場所に閉じ込められたが、数時間ですぐに解放され、危害は加えられなかったという。御者にしても同じだそうだ。

「きみたちが乗った馬車を襲ったのはセドリックが金で雇った、属国の男どもだった。すでに捕らえている。セドリックからは、一時的に拘束するだけで傷つけてはいけないと強く指示されたと言っていた」

「だから僕は無傷です。でも姉様は……」

フィリスの指に巻かれた包帯を見てダニエルは悲痛な顔になる。

「これはわたしが自分でしたことだから」

「そうだとしても、僕のせいだ。僕は、なんて馬鹿なことを……！」

弟は惜しげもなくぼろぼろと涙を流す。

「あなたなりにわたしのためを思ってしてくれたことでしょう？　指の怪我はたいしたことないし、熱も下がっていまはもう大丈夫だから……ね？　泣かないで」

ダニエルがフィリスに抱きつく。いっぽうルーラントはというと、その傍らでむすっとしていた。笑顔の仮面はすっかり剝《は》がれている。

「ダニエル。ルーラント様にはきちんと謝罪したの？」

「うん、それはもう何度も謝ったよ。許してくださるって、おっしゃったんだけど……」

ダニエルがルーラントを窺い見る。相変わらず彼は怖い顔をしている。

「あの……本当にごめんなさい。ぼ、僕……もう行きます」

弟はそそくさと部屋を出ていった。

「きみの弟とはいえ……私以外の男に抱きつかれているのは、不愉快だ」

それからはキスの嵐に見舞われる。唇だけでなく首筋や胸元にもくちづけられた。

「それと……謝罪するのは私も同じだ。結局はきみを巻き込んだ。セドリックに不安要素があるのはわかっていたのに……。きみを守るという言葉を違《たが》えてしまった。私は約束を破ってばかりだ」

「いいえ、お言葉を違えてなんていません。助けにきてくださったではないですか。わたしは本当に大丈夫ですから。この程度の傷ならすぐに癒えます。だから……どうか」

瞳を潤ませている彼の目元を撫でる。

そっと、壊れ物を扱うように抱きしめられた。

＊　＊　＊

ルーラントは地下牢へと赴いた。牢といっても、嫌疑のある貴族を一時的に幽閉しておくための、鉄格子がついた居室だ。自由がないという点を除けば環境としては悪くない。

そんな牢の片隅で、セドリックは膝を抱えていた。ルーラントは彼と鉄格子を隔てて向かい合う。

「国王陛下と同じ……運河の牢に入れてくださっていいのに」

「そんなところに入れたら、おまえの話を聞くのに苦労するだけだ」

セドリックは「はは」と軽快に笑う。

「どこまでわかっていて、僕を皇妃殿下の教育係にしたんですか？　皇妃殿下のお人柄を僕に知らしめることで……僕が彼女を傷つけないようにしたかったんでしょう？」

セドリックが目論《もくろ》んだのは最初は毒殺。それはフィリスによって失敗したので、次は焼殺。火の海にするつもりだったとセドリックは口走っていた。

寝室に火を放つのが確実だが、それでは行動をともにしている皇妃もろともになってしまう。

もし執務室でひとりのところに火をつけたとしても、フィリスの性格なら危険を顧みず火の中へと突っ込んだだろう。

それでセドリックは、ダニエルを利用してフィリスを城外へ連れだし、牢に閉じ込めた。

「皇妃殿下は国王陛下の死を悼んでくれた。皆に優しく、皆から愛されている。あんなにいい娘だってわかったら……巻き込んで殺すなんてできませんよ。憎いのはあなただけですから」

面と向かって『憎い』と言われても動じなかった。もしかしたら、心のどこかでずっとそう言われたかったのかもしれない。彼の本音を聞きたかったのだ。

「皇妃殿下は本当に……強いお方だ。彼女が毒を仕込んだ張本人だという噂を流して、故国へ帰っていただくつもりだったのに……皇妃殿下はまったく動じず、あなたを置いて逃げだすこともしなかった」

だから強硬手段に出たのか。

「おまえのこと……本当は信じたかった」

「正解です、陛下。己以外を信じてはいけません」

「いや……フィリスだけは違う。絶対に裏切らない」

「ウィリアム様との不貞を疑っていたくせに。……まあ、そう仕向けたのは僕ですが」

ボルスト侯爵邸の舞踏会でその場に居合わせた侍女やレディたちの話では、とてもではないが「密会」などと呼べるものではなかったと、あとからわかった。それなのにセドリックがそういう言い方をしたのは、やはり悪意があったのだ。

「おまえの策略が転じて、あのときよりもいっそう強い絆で結ばれている。彼女のことは……もう微塵も疑わない」

「……羨ましいな。そんなに想う人ができるなんて」

セドリックはとうとうと語る。

「国王陛下の政策が間違っていることはわかっていました。帝政にはなるべくしてなったのだと、理解していた。ただ、あなたが牢に短剣を届けたということだけがどうしても許せなかった。なぜ……国王陛下に追い打ちをかけたのです。あなたはどれだけ無慈悲なんだ」

――やはり動機は旧王だったか。

フィリスのノートに、セドリックから講義を受けた箇所では『旧王陛下』ではなく『国王陛下』と呼称されていたので、五年が経《た》ったいまでも旧王を慕う気持ちがあるのだとわかってはいた。

──そして、旧王を殺したと噂される私を恨んでいることも。

これまでずっと、旧王について話題にしづらかった。だがきちんと話すべきだった。そのせいで、己の命よりも大切なフィリスを危険に晒し、巻き込んでしまった。

──だが……言えない。

ここで真実を明かせば『彼』の信用を地に落とすことになる。セドリックは『彼』のことを尊敬している。

沈黙するしかなかった。

「この五年、己の感情を殺してきた。だが皇妃殿下がいらして……幸せそうなあなたを見ていたら、復讐心《ふくしゅうしん》に火がついてしまったのです。僕の父を殺した張本人だというのに、自分ばかりが幸せになるのか……と！」

セドリックは旧王の庶子だ。母親は庶民だった。側室として迎えない代わりに子爵位を授け、王子だとは認知されなかった。だからウィリアムとは異母兄弟になる。このことは城のごく一部の者しか知らない。

ふとだれかが階段を下りてくるのがわかった。振り向けば、ウィリアムがいた。なにか決意したような顔をしている。

ルーラントはすぐに直感する。

けないと思った。

「言うな、ウィリアム。なにも知らせなくていい」

セドリックが、ウィリアムを兄として信頼していることを知っている。失望させてはい
「そのご命令には従えません、陛下」

ウィリアムはルーラントの言葉に逆らってすべてを明らかにする。

「父に短剣を届けるよう、陛下に頼んだのは私なのだから」

セドリックの顔に驚嘆が滲む。口を大きく開けたまま絶句していた。ルーラントは否定しようとしたが、ウィリアムにじっと視線を据えられた。

いまは立場が逆転したとはいえ、かつての王太子であり年長の従兄でもある彼の威圧感は凄まじい。これ以上、制止をかけることはできなかった。

「私は……父を愚王だと思っていた。だがどうしても自分では届けることができず、ルーラントになすりつけてしまった。いや……もしかしたら、そうすることでルーラントを陥れたかったのかもしれない、自分の保身のために」

ルーラントが旧王に短剣を届けたという事実を前皇帝や警務機関は不問とした。だからよけいにルーラントが旧王派から憎まれることになった。

「陛下を苦しめていたのはこの私なんだよ、セドリック」

セドリックは茫然自失《ぼうぜんじしつ》といったようすで目を見開いている。ウィリアムの呼びかけには

なにも答えなかった。

ウィリアムはルーラントに向き直ると、かつての自分の過ちと弟の悪行を心から詫《わ》びるという言葉とともに、深く頭を垂れた。

「陛下には、アナとのことも取り計らっていただいたのに……申し訳ございません」

そう言い残してウィリアムは去っていく。その足で警務機関へ行くつもりなのかもしれない。

「僕は……国王陛下の子だと認知されずとも、あの人の子として恥じない生き方をしようとひたすら勉学に励んだ。剣だって学んだ。泳ぎだけはだめだったけど……」

牢の中から聞こえてきた声は震えていた。

「間違ったことはしていない、と……思っていた」

ルーラントは鉄格子を摑んでセドリックを——もうひとりの血縁である従弟を——見つめる。

「ごめんなさい、陛下。あなたも……苦しまれておられたのだと、少しも気がつかなかった」

「気づかれないように……と、装っていたのは私だ。無理もない」

とたんにセドリックは泣き崩れた。

「おまえは私のことを本気で殺そうと思っていたか？」

フィリスと帝都へ出かけたときは「危険があるかもしれないから護衛をつれていくべき」と、提言してきたのはほかでもないセドリックだ。

彼が仕込んだ毒物は致死量ではなかったし、運河沿いの牢で向かってきたときも、どこか迷いがあるように見えた。

――私を殺す機会は数えきれないほどあったはずだ。

だがこうして生きている。彼が本気だったとはどうしても思えなかった。いや、思いたくないだけなのかもしれない。

「……わかりません」

「いまも、私を殺したいと思うか？」

「……陛下は本当にひどい方だ。そんなこと、聞かないでくださいよ」

「こうしてはっきりと聞いておかなければ誤解が生まれて話がややこしくなるだろう。私は学んだんだ」

開き直ったようにルーラントが言えば、セドリックは瞳に涙を浮かべたまま笑う。

「憎い気持ちが完全に消えたわけじゃありません。いや……たんに羨ましいだけかもしれない。なにもかもを手に入れたあなたが。陛下と皇妃殿下が、あまりにも幸せそうだから……」

涙に濡れた頬をセドリックは手の甲でごしごしと拭う。

「でも……そうですね。僕にあなたを殺すのは天と地がひっくり返っても無理だ。僕にはもうその意志がない。この五年で、曲がりなりにも陛下との絆ができた……と、感じています。いまさら気がついても遅いですがね」

「……わかった」

鉄格子を摑む手に力を込めたあと、ルーラントはセドリックのほうを振り返らずに地下牢を後にした。

＊＊＊

フィリスが弟の手引きによって応接間から連れだされたあと、手紙を見つけたアナは「秘密にしてほしい」というダニエルの意には沿わず、すぐにルーラントに相談したらしい。

アナは「そういう類いのことで秘密を持つのはよくない」と、ウィリアムの件で学んだと言っていた。

そうしてすぐにルーラントはフィリスの捜索を始め、運河を流れるボトル――フィリスが自身の居場所を血文字で書いた木片が入っていた――にも早期に気がついたというわけだった。

フィリスは私室のソファに座り、ルーラントから聞き及んだことを頭の中で整理する。

──セドリックが旧王の庶子だったなんて……。

それで彼は「国王陛下」と呼んでいたのかと思い至った。

以前ルーラントが、前国王のことは皆が「旧王」と呼んでいると話していたのに、セドリックだけは違った。

セドリックから教育を受けるときに感じていた違和感はそれだったのだ。

彼は、自分の父親を古き者としたくないという思いから『旧王』という言葉を使わなかったのかもしれない。

セドリックは、旧王を殺したのはルーラントだと思い込んでいた。そして、旧王に短剣を届けるよう指示したのはウィリアムだった。

ウィリアムは、セドリックのいる牢ですべてを明らかにしたあと自ら警務機関へ赴き査問を受けたとのことだった。

しかし五年の月日が流れていたこと、ルーラントが罪として申し立てをしなかったことから、ウィリアムに量刑はなく爵位の返上に留まった。

ウィリアムから公爵という身分を奪うことをルーラントは望まなかったが、ウィリアム本人の強い希望により爵位の返上が決まった。

──ウィリアム様はもしかして、アナのために……？

公爵でなくなれば身分差という壁はなくなる。

災い転じて、という言葉がふさわしいのかわからない。あるいは不謹慎かもしれない。

ルーラントを苦しめてきたのはウィリアムだったのだ。

だが憎みきれない。ルーラント自身も、そうだと言っていた。彼もまたウィリアムはアナと結婚するために爵位の返上を望んだのだと考えているようだった。

フィリスは密《ひそ》かに期待する。どんな形であれ、ウィリアムはアナを幸せにしてくれると。

ところが、壁際に控えているウィリアムと話をしたというアナの顔は浮かない。

「なにがあったの、アナ」

「ウィリアム様から……告げられたのです。きみを幸せにはできない、と」

フィリスは矢継ぎ早に質問する。

「アナはどう答えたの？」

「わかりました、とだけ……」

互いに沈黙する。言葉が出ない。どうして、という思いばかりが駆け巡る。

「ウィリアム様は、長らく陛下を苦しめておられたのですよね。フィリス様の、最愛の人を……」

「アナがわたしのことを思ってくれるその優しさが、すごく嬉しいし……幸せよ」

フィリスは息を整える。

「でもわたしだって、アナには絶対に幸せになってもらいたいって思うの。本当に……本当に、いいの？　ウィリアム様のこと……」

アナの目元にはひどいくまができている。もうずっと眠れないのだろう。一日や二日でできるような黒ずみではなかった。フィリスはソファを立ち、アナの目の前に立つ。

「お願い、アナ。わたしには遠慮しなくていい。あなたの本当の気持ちを聞かせて」

アナの両手を握り込み、一心に見つめる。はじめは視線をさまよわせて俯いていたアナだが、フィリスの根気に負けたのか、ゆっくりと顔を上げて目と目を合わせた。

「ウィリアム様が貴族であってもなくても、罪を犯していても……私はあの方が好きです……っ」

アナが泣き崩れる。フィリスはその背をそっと摩り、ある決意をした。

「ウィリアム様からのお返事は、来ませんか……」

ルーラントの執務室を訪ねたフィリスは、夫から「残念だが、まだだ」という言葉を聞いて落胆した。

ルーラントには、ウィリアムに登城を促す手紙を送ってもらっていた。

「ウィリアムはもう貴族ではないから従う義務はないし、城へと赴く権利も……ないといえばない」

「……っ」

フィリスは唇を嚙んで視線を落とす。

ルーラントを愛するようになったいまだからこそわかる。恋しい人と離れることの辛さが。そばにいないと不安で、一目でもいいから顔を見たいと願う気持ちが。

ウィリアムとアナはもう一度、会って話し合うべきだ。

「だから行く。ウィリアムのもとへ」

「……えっ？」

きょとんとするフィリスに、ルーラントは言葉を足す。

「視察という名目で、ウィリアムがいる郊外の事業所へ行く。出発は明日だ」

「ルーラント様……！」

ぱあっと顔を輝かせたあと、フィリスは彼が執務中だということも忘れて抱きついた。

翌日、二台の馬車で出発する。ウィリアムのもとへ行くことをアナは渋っていたが、なんとか言いくるめて二台目の馬車に乗ってもらった。

一台目の馬車ではフィリスとルーラントのふたりきりだった。

「だが……ウィリアムが別の女性を囲っている可能性もある」

「そのようなこと……」

可能性のひとつには過ぎないが、それを想像すると腸《はらわた》が煮えくり返る。

「フィリス、怖い顔になっている」

はっとして彼のほうを向く。

「わ、わたしったら」

俯くことでみっともない顔を隠そうとしたが、そうはできない。ルーラントに両頬を手で覆われ、固定されてしまった。

「フィリスを怒らせるとそうなるのか、なるほど……。うん、そういう顔も好きだ」

頬を撫でられれば、彼の手が触れた箇所が赤くなる。

「ルーラント様ったら！」

両手に拳を作ってぽかぽかと彼の胸を軽く叩くと、ルーラントは眉根を寄せながらも笑っていた。

小一時間ほどで郊外に到着する。

まずは聞き込みだ。事業所にいた数名に話を聞く。ウィリアムは事業所長として懸命に働いているとのことだった。女性の影などないことにひとまず安心する。

事業所の応接間に通されたフィリスはアナに、ここでウィリアムを待つよう促す。

「ウィリアム様はもう間もなくいらっしゃるはずよ。応接間にはあなただけがいるべきだわ」

「いいえ……フィリス様。私は……合わせる顔がないのです。どうかご容赦ください」

ふたりの遣り取りを見ていたルーラントが提言する。

「ひとまず私たちでウィリアムに会うとしよう」

ルーラントの言葉を聞くと、アナは安堵したように小さく息をつき「私は馬車でお待ちしております」と言い残して部屋を出ていった。

「頑《かたく》ななウィリアムを説得できるのは、彼の愛する人でも従弟の私でもなく……フィリスなのかもしれない」

ルーラントは落ち着いた仕草で、給仕のメイドが淹れた紅茶を飲む。

「以前、ふたりの恋を応援するために手を尽くすと宣言したのに、私にはこれくらいしかできないのが不甲斐ないが……」

そこへウィリアムがやってきた。その表情は暗い。

「わざわざこのようなところにご足労いただいて……申し訳ございません。私が登城要請に従わなかったせい、ですね」

「いや？　事業視察に来ただけだ。これからアルティア国の基幹産業になっていくだろうからな」

ルーラントが目配せしてくる。フィリスは頷いて話しだす。

「わたしは、ウィリアム様がアナを幸せにしてくれると信じておりました。それなのに……アナのこと、嫌いになってしまわれましたか？」

ウィリアムはすぐに首を左右に振る。

「いまでも愛しています。でも私は……父親を殺しただけでなく、従弟《いとこ》と実弟を長きにわたって苦しめたのですよ。こんな私が、幸せになっていいはずがない」

「……っ！」

フィリスはソファに座っていることができなくなって、勢いよく立ち上がった。

「ウィリアム様はご自分のことばかりです。わたしはあなたのことが許せません。あなたのせいで、ルーラント様は命を狙われ苦しめられてきた」

大きく息を吸い、心の内を吐きだす。

「本当はこんなこと、言いたくないけれど……言います。アナの気持ちをお尋ねになりましたか？　このままずっと逃げるのですか、ご自身の気持ちからも……アナの本心を確かめもせずに！　上辺だけの言葉がすべてではないと、おわかりでしょうっ？」

フィリスは必死の形相で、涙ながらに訴えた。

――ルーラント様は、ウィリアム様にずっと苦しめられてきた。

それでも、アナとの幸せな未来のために尽力すると言ってくれた。ルーラントはいったいどんな気持ちでそう口にしたのだろう。計り知れない。

「けれど、私は……っ。許されては、いけない」

ウィリアムは俯き加減にルーラントを見やる。

「もう、とうの昔に許している」

ルーラントは穏やかに笑って言葉を足す。

「あなたの愛する人は馬車の中だ。急がなければ国に帰ってしまうかも。そうなればもう、会うことがあるかどうか……」

するとウィリアムは顔を上げ、堰《せき》を切ったように走りだす。

フィリスは瞳に涙を溜めてその背を見送った。

郊外の事業所からの帰り、フィリスはルーラントとは同乗せずアナがいる二台目の馬車に乗った。

「それで、ウィリアム様はなんと……？」

「そ、その……結婚して、郊外に住もう……と」

フィリスは「おめでとう」という言葉の代わりにアナに抱きつく。

「もちろん『はい』と返事をしたのよね⁉」

「えっ⁉　い、いえ」

「どうして⁉」

「私はフィリス様の侍女です。郊外に住めば、フィリス様のお世話ができなくなります」

「〜〜っ、もう！　アナ、なにを言っているの⁉　わたしのことはいいの。あなたの本当の気持ちを教えて」

それまで毅然としていたアナだが、急に顔を歪《ゆが》めてぼろぼろと泣きはじめる。アナは嗚咽を漏らしながら両手で顔を覆った。

「ずっと……っ、フィリス様の……うぅ、おそばにいると……決めておりましたのに……！」

アナにつられてフィリスも涙する。生まれてからずっと一緒に過ごしてきた彼女が、離れていく。幸せになるために。

――これは、嬉し涙よ。

城に着いて馬車を降りるなり、フィリスの真っ赤に腫れた目元を見たルーラントがいつもの微笑を大きく崩し、血相を変えて「我が妻を泣かせたのはだれだ！」と叫んだのは、愛妻家である皇帝の美談として語り継がれることになる。


フィリスとルーラントは警務機関へと赴き証言をした。

皇帝の食事に混入された毒物が致死量ではなかったこと。毒により体調を崩した下男がなんの申し立てもしないと言ったこと。

そしてセドリックが旧王の庶子だと明かした上で、五年前の旧王自害についてセドリックが誤解していたことをルーラントは強調した。

フィリスもまたセドリックの酌量を求めるべく発言する。

「発熱して倒れたわたしを、セドリックは自身が咎人《とがにん》であるにも拘わらず逃げるようなことはせず、救命のため尽力しました。これは極めて善良な行いです」

そうした訴えにより、セドリックは半年ほど幽閉されたあとで城勤めに復帰する。

皇帝陛下の暗殺を目論んだ者への処罰としては、極刑を免れただけでも異例だった。それでも、異議を唱える者はいなかった。

ルーラントも含め、皆がセドリックの能力を買っていたということだと思う。

城へと戻ってきたセドリックは、いちばんにフィリスに謝罪した。ルーラントの執務室にいたフィリスは、セドリックが床に膝をついて頭を下げるのでひどくうろたえた。

「どうか顔を上げて、セドリック」

「そうだ。そんな体勢では、私たちがおまえを苛《いじ》めているみたいだろう」

セドリックは申し訳なさそうな顔のまま立ち上がる。

「皇妃殿下。手のお怪我は大丈夫ですか？」

「ええ、もうずいぶん前に治りました。傷もありません」

手のひらを見せると、セドリックは安心したようにほほえんだ。

「ほら、突っ立ってないで仕事しろ」

ルーラントがぶっきらぼうに言う。少し照れているように見えるのは気のせいだろうか。

セドリックは側机の上に置かれていた紙を手に取りぱらぱらとめくりはじめる。

「それにしても、自分を殺そうとした男をまた側近に戻すなんて……正気の沙汰じゃありませんよ」

「一度の失態は許すことにしている。二度目はないがな。それにおまえが言ったんだろう、私はすべてを手に入れたと。その中にはおまえも含まれている。私の……家族だ」

ルーラントの言葉の最後のほうは、注意していなければ聞き漏らしてしまいそうなほど小さな声だった。

セドリックは手に持っていた紙をばさばさと床に落とし、瞳を潤ませて破顔する。

「ありがとうございます、陛下。一生涯ついていきます。私の主はあなただけだ」

「おまえからそんなことを言われるとは。明日は嵐か……」

そんなふたりを見てフィリスは滝のように涙を流す。

「どうしたんだ、フィリス。セドリックだな、きみを泣かせたのは」

セドリックは「ええっ」と声を上げてたじろぐ。フィリスは涙目のまま笑った。

「だ、だって……もう、見られないと思っていましたから。おふたりの、仲のよいご様子は……！」

「どこをどう見て仲がいいと？」

「どこが仲がいいんですかっ？」

ルーラントとセドリックが同時に言うので、ますます嬉し涙が零れる。やはり仲がよいではないか、と。

それからというもの、セドリックは以前のように忙しなくルーラントの側で働いた。

所用でルーラントの執務室を訪ねると、そこにはセドリックしかいなかった。

「復帰してから、陛下は僕に書類仕事を手伝わせてくれるようになって。こんな僕のこと、信頼してくれてるみたいです。僕だけじゃなくて、デレク様にも多少は権限を与えるようになさったらしくて。……皇妃殿下のおかげですね、陛下がお人好《ひとよ》しになられたのは」

セドリックは照れたような笑みになりながら羽根ペンを動かしている。

間もなくしてルーラントがデレクとともに執務室へやってくる。デレクは書類の束を抱えていた。

「私は常に陛下のためを思って発言しております。なんでもひとりで抱え込むものではありませんよ。少しは私を頼ってください。そうすれば皇妃殿下と一緒にお過ごしになる時間も増えましょう」

「……ああ、そうだな。そういうわけで、しばし休憩を取る。おまえたちも適宜、休むように」

ルーラントは執務室に来たばかりだというのにすぐに部屋を出た。フィリスを伴って廊下を歩きだす。

「フィリス、私に用があったのだろう?」

「あ……はい。でも、お仕事の邪魔をしてしまいましたね?」

「気にしなくていい。もともとこの時間は長めに休憩を取るようあらかじめ決めていた。それで、私への用はその手紙か?」

彼はフィリスが手に持っていた手紙を指さす。ルーラントの私室に着くなりふたりは並んでソファに座る。

アナとウィリアムからの手紙には感謝の言葉が綴られていた。彼女たちが幸せだということが文面から伝わってくる。

嬉しいのに、アナがいないことを寂しく思ってしまう自分がいる。それが、顔に出ていたのかもしれない。

「きみには私がいる」

アナからの手紙を取り上げられ、抱き寄せられる。

「もしかして妬《や》いていらっしゃいます?」

「……少しな」

「大丈夫です。ルーラント様にはわたしがいます」

彼と同じ言葉を紡いで、その頬にキスをする。

「頬では……足りない」

情事の最中に交わすようなくちづけをされる。

「ん、んっ……！　ルーラント様、まだお昼ですよ。執務中ですし……！」

「いまは休憩中だ。デレクも言っていただろう。きみと一緒に過ごせる時間が増える、と」

「だからって……あ、だめ……」

「このところずっと働きづめだったんだ。褒美が欲しい。それを私に授けてくれるのはきみしかいないのだから」

皇帝という立場はたしかに、だれかに褒美を授けることはあっても貰うことはない。

「フィリス……私の上に」

促されるままフィリスは動く。ソファに座っているルーラントの膝に横向きに座った。

「上品だな？」

からかうような調子でそう言うなり、ルーラントはフィリスの腰と片脚を摑んで開かせる。足を広げて跨がる状態になってしまう。

彼に馬乗りしていることが恥ずかしくて俯く。いっぽうルーラントは微笑を浮かべたまま、さも当然と言わんばかりにドレスの背の編み上げ紐を解いていった。

ルーラントは器用なことに、コルセットの紐もドレスのものとあわせて緩めていく。

ドレスとコルセット、それからシュミーズまでもずるりと引き下げられ、真昼の明るい部屋にふたつの膨らみが躍りでる。

「やっ……」

背徳感に襲われて乳房を隠そうとするが、それよりも早くルーラントの手中に収められてしまい、やわやわと揉み込まれる。

ルーラントは真っ白な乳房を中央に寄せ、ふたつの棘を一緒くたに舐めしゃぶる。

「ふっ、あぁっ……やぁ……！」

ここはルーラントの私室とはいえ、ベッドではなくソファの上だ。ましてまだ太陽は下りはじめたばかりである。

「だめです、本当に……んん……っ。どうか、夜まで……」

フィリスは首を振りながら懸命に訴える。

「夜まで、ずっとこうされたい？」

わざとらしく曲解してルーラントは笑みを深める。

すぐに否定したかったのに、よりいっそうきつく胸の蕾を吸い立てられて「あぁあっ」という喘ぎ声しか出せなかった。

ルーラントは口では胸飾りを食み、右手はフィリスのドレスを捲り上げてドロワーズのクロッチを探る。

「あぁ……きみのここは唇とは裏腹に『いい』と言っているようだ」

フィリスはびくりとする。濡れている淫部を指で弄びながらルーラントは不敵に笑った。

「うう……ふっ……」

フィリスは観念して肩を竦める。真昼間からこんなことをして、いけないと思うのに全身が快感に溺れていた。

そして、先ほどからずっと彼の下半身が当たっている。トラウザーズの上からでも、そこが隆起しているのがよくわかった。

ドロワーズの薄布を左右に開かれ、指で蜜口をくすぐられる。そこが存分に潤みを帯びているとわかると、ルーラントはトラウザーズの前を寛《くつろ》げた。

彼の両手に誘われて腰を持ち上げ、昂《たか》ぶる雄根を身の内に収めながら腰を落とす。

「んん、んっ……！」

剛直が体を突き上げる感触がたまらなかった。

理性と背徳感はうやむやになって、享楽だけがあとに残る。

「フィリス……」

彼に名前を呼ばれると、どうしてこう愛しさが募るのだろう。

フィリスもまた彼の名を呼び返す。同じ気持ちになってくれていたら、嬉しい。

呼びかけられたルーラントは破顔して、唇を寄せてくる。

穏やかなくちづけとは相反して、フィリスを揺さぶる上下の動きは激しさを増していく。ルーラントは揺れる乳房の先端を指で嬲り、下からずんずんと突き上げる。

「あぁっ、ん、あっ……！」

愛していると叫びたい衝動に駆られた。ところが彼のほうが先にその言葉を口にする。

「フィリス……フィリス……ッ！　愛している」

額に汗を滲ませて愛の言葉を紡ぎ、ルーラントは想いの深さを訴えるように律動する。

「わ、わたし……も、愛して……ぁ、あっ……ルーラント様……！」

満足に伝えることができずにフィリスは表情を曇らせる。それでも彼は幸せそうにほほえみ、唇に唇を重ね合わせた。

あとがき

こんにちは、熊野まゆと申します。あとがきをお読みくださり本当にありがとうございます。おかげさまでヴァニラ文庫様、ななな っ、なんと、五冊目の本でございます。皆様に厚く御礼申し上げます。

今回は『結婚するまで』ではなく『結婚してから』がメインのお話となりました。フィリスとルーラント、結婚の前後でふたりの関係性に変化を感じていただけましたら幸いです。

そうそう、今作も言葉遊びを入れさせていただきましたが、お気づきになりましたでしょうか。作中のどこかに『クマノマユ』が隠れています。まだの方は、お時間がございますときに探してみていただけると嬉しいです。

さて、フィリスの父親について少しお話を。ブランソン侯爵はフィリスに対してあのような態度ですが、娘ラブです。ルーラントが皇帝となり求婚してくるまでフィリスに彼のことを伝えなかったのは、単純に嫉妬です。面白がっていたわけではないのです。たまには里帰りしてほしいと思っているブランソン侯爵ですが、それを口に出すことはないのでしょう。不器用な人です。